STEFAN ZWEIG DEVE MORRER

—

DEONÍSIO DA SILVA

STEFAN ZWEIG DEVE MORRER
© Almedina, 2020

Autor: Deonísio da Silva
Diagramação: Almedina
Edição: Marco Pace
Design de Capa: Arlinda Volpato
ISBN: 978-65-87017-01-3

Dados Internacionais de Catalogação na Publicação (CIP)
(Câmara Brasileira do Livro, SP, Brasil)

Silva, Deonísio da
Stefan Zweig deve morrer / Deonísio da Silva. – 1. ed.
São Paulo: Almedina Brasil, 2020.

ISBN 978-65-87017-01-3

1. Ficção brasileira 2. Zweig, Stefan, 1881-1942
I. Título.

20-35717   CDD-B869.3

Índices para catálogo sistemático:

1. Ficção: Literatura brasileira B869.3

Maria Alice Ferreira – Bibliotecária – CRB-8/7964

Este livro segue as regras do novo Acordo Ortográfico da Língua Portuguesa (1990).

Todos os direitos reservados. Nenhuma parte deste livro, protegido por copyright, pode ser reproduzida, armazenada ou transmitida de alguma forma ou por algum meio, seja eletrônico ou mecânico, inclusive fotocópia, gravação ou qualquer sistema de armazenagem de informações, sem a permissão expressa e por escrito da editora.

Junho, 2020

Editora: Almedina Brasil
Rua José Maria Lisboa, 860, Conj. 131 e 132, Jardim Paulista | 01423-001 São Paulo | Brasil
editora@almedina.com.br
www.almedina.com.br

STEFAN ZWEIG DEVE MORRER

DEONÍSIO DA SILVA

SUMÁRIO

PARTE I

I	Quando o caos triunfa	13
II	Perdidos em Petrópolis	27
III	O último dia da minha vida	33
IV	A última viagem é sem passaporte	39
V	Versos para Tem-tem	47
VI	Breviário de nossa pequenez	51

PARTE II

VII	No ano da borboleta	59
VIII	O desconfiado Jeremias	65
IX	A noite das brumas	71
X	Se ainda há vida ainda não é finda	83
XI	Assalto ao bangalô	95
XII	Rua Gonçalves Dias, 34, Petrópolis	101
XIII	Apontamentos para um *Diktat*	105
XIV	Lotte: pedaços de um diário	113
XV	Estranho silêncio	121
XVI	Outros mistérios	131
XVII	Lotte talvez esteja aqui	137

Stefan Zweig refugiou-se do holocausto no Brasil Suicidou-se, mas, antes de morrer, escreveu Brasil, país do futuro.

"*O que Walt Whitman viu/ Maiakóvski viu/ Outros viram também/ Que a humanidade vem/ Renascer no Brasil!// Teddy Roosevelt viu/ Rabindranath Tagore./ Stefan Zweig viu também*".

JORGE MAUTNER e GILBERTO GIL, *Outros Viram*

PARTE I

I

QUANDO O CAOS TRIUNFA

> "*Além disso, o que a tudo enfim me obriga,/ É não poder mentir no que disser,/ Porque de feitos tais, por mais que diga,/ Mais me há-de ficar inda por dizer.*"[1]

A ordem fracassou. Nem todos sabem, mas fracassou! Não apenas aqui. Fracassou no mundo inteiro. Eu sou um dos poucos que sabem dessa verdade fatal. Eis meu desespero.

É preferível a injustiça à desordem, como dizia Goethe em momentos de grande lucidez, nele tão frequentes e em mim tão raros. Por isso, levanto-me cedo, por volta de 5h da manhã e, depois de ordeiras abluções, aprendidas ainda na infância, arrumo a mesa, ponho a pequena xícara à direita, sobre o pires, os dois ao lado do pratinho maior, ladeio o conjunto com a faca,

---

[1] Essa e as epígrafes de cada capítulo são todas de Luís Vaz de Camões, poeta que Stefan Zweig muito admirava e de quem traduziu para o alemão os versos de que mais gostava. Menos uma, a ele atribuída por outrem, porém apócrifa.

a colher grande, a colherzinha. Dois copos à frente. Um para o iogurte, outro para a água morna. Esta deve ser tomada primeiro, como aprendi em Confúcio, a quem foi creditado outro dia por um frequentador argentino do bordel Cama Redonda o princípio da confusão. Ajudou-o na mistura a pronúncia assemelhada, Confúcio e *confusión*, que ele pronuncia "Confución", naturalmente.

Enquanto sou mordomo e governanta de mim mesmo, a água ferve, passa pelo pó e espalha sobre a pequena peça da casa o aroma inebriante da bebida que tantas saudades me dá de Viena, a capital mundial não do café, mas dos cafés.

Lotte está dormindo e se levantará mais tarde. A meu pedido, deixou arrumada no cabideiro da biblioteca a roupa do dia seguinte. Assim não faço muito barulho ao levantar e me vestir. Algum rumor sempre há onde há vida. Apenas os mortos são silenciosos. Os vivos são sempre buliçosos e incomodam muito uns aos outros. Os mortos não incomodam ninguém. Meu sonho é um dia não incomodar mais ninguém.

A alternativa — livrar-me de todos os que perturbam — é privativa do tirano que hoje varre a Europa com seus exércitos, com suas guerras, tão rápidas quanto devastadoras. Esse negócio de que a fruta não cai muito longe da árvore é tudo conversa fiada. Hitler, Freud, Wittgenstein e o inquieto compositor de *A clemência de Tito*, e eu, todos somos austríacos.

O filósofo na estante, o tirano bem longe de mim, João Crisóstomo rodando ali na vitrola, bem baixinho, para não acordar Lotte. Os pais souberam escolher bem uma das primeiras coisas que não escolhemos para vir ao mundo: o nome. Fizeram um puxadinho no nome do filho e pespegaram Teófilo, depois dos dois nomes cristãos e do nome do avô. Nome tão bonito o desse amigo de Deus. Deve ter influenciado o talento, a criação, a arte, que toda arte tem origem divina, como diz Lotte, que, como todo mundo, a ele se refere com o nome popular de Amadeus. Eu ainda prefiro Gottlieb!

Têm algo de sobrenatural e de transcendente as palavras! Amadeo e Amadé, as variantes que ele usou, não dizem a mesma coisa. A clemência é tão mágica como a flauta, mas mais difícil de executar. E, assim, mesmo os que gostam dele preferem *A flauta mágica*, *As bodas de Fígaro*, *Don Giovanni*. De *A clemência*, apenas Lotte e eu gostamos, mas agora ela dorme. Desprezaram o gênio Mozart em Salzburgo e em Viena. Talvez por não o suportarem. O inteligente e os bobos são feitos do mesmo material, vivem nos mesmos lugares, mas não fazem as mesmas coisas. Os atentos e os desatentos veem e ouvem as mesmas coisas, mas tiram conclusões diferentes e as aproveitam de modos diferentes. Acho que foi em Swedenborg que li que o céu está proibido aos bobos, não aos maus, porque deixar de admirar a obra do Criador seria intolerável.

Tem-tem-de-dragona-vermelha também está ouvindo a ópera. Eu, de pijama ainda, mas ele já amanhece uniformizado. Em alguns trechos, percebendo algo que me escapa, Tem-tem produz um chilrear sonoro e violento. Vai acabar acordando Lotte. Onde pus o cardamomo? Dá um gostinho tão singular ao café!

"*One man in his time plays many parts*", como disse Shakespeare! A parte que cabe ao pássaro, desconheço. Apenas aprecio sua companhia, nós dois presos, cada um na sua gaiola. Para Tem-tem as portas abertas podem matá-lo. Para mim são as portas fechadas que me matam. É verdade que, como ao pássaro, também a mim arrebatam. Se eu, cruel, cegar Tem-tem, ele poderá viver solto aqui dentro de casa e cantará ainda mais afinado. Perdido um sentido, os outros se aperfeiçoam. Ele não verá nada do maravilhoso mundo para além destas paredes, mas em compensação vai ouvir muito mais, mais coisas, discernirá os tristes sustenidos e bemóis da realidade que me envolve e asfixia. Aqui é o fim de tudo para um homem nascido e criado na bela Europa do fim do século XIX.

Faz quatro dias que terminou o carnaval. Foram tantas viagens. Seis anos para lá e para cá, mas aqui mesmo foi apenas um.

Já fizemos viagens que duraram sete meses. Do que fugimos? É hora de fazer a última. Aquela da qual jamais alguém retornou.

O silêncio também conta. Quando ele irrompe na música, ouço o chiado da respiração de Lotte. A asma também parece um canto. Dispneia paroxística sibilante, disse o médico. Vieram-me à cabeça ainda no consultório as cinco sibilas de Michelângelo, cujos nomes esqueci. *"Dies irae, dies illa,/ solvet saeculum in favilla,/ [...] // Quantus tremor est futurus,/ quando iudex est venturus,/ cuncta stricte discussurus!"*. Amém. Desses versos, sempre me lembrarei. Sempre recordo o que ainda não aconteceu, é assim que eu sou. Mistérios. Meu nome é Stefan Zweig. Não posso ser Estevão Ramos, meu nome em alemão, já que não vivo traduzido! Serei sempre judeu-alemão, como gato que nasce no forno e não é biscoito.

Quem seria aquele menino que, em vez de olhar para a câmera, olhava para mim quando o professor Tabak organizou a turma para Wolf Reich tirar a foto quando visitei a escola judaica no Rio?

Lotte ainda dorme. Tomo meu café. Daqui a pouco chega o jornal. Só trará o que eu já sei. Todas as notícias são tristes. Que dia! Mas amanhã não lerei jornais, não sentirei frio nem calor, não farei café, não apreciarei

Mozart, mas principalmente não ouvirei a asma de Lotte. Será que elavai cumprir o trato? Nem Tem-tem poderá me dizer. Já não poderei ouvir mais nada.

Preciso acordar Lotte, falar com ela, dialogar de qualquer jeito, sentar, conversar, depois quem sabe sair à rua, respirar a mesma asma que a asfixia. Quando será que vou te ver sorrindo de novo, Lotte querida?

Nos últimos tempos, o que mais vejo no seu rosto são pesadas nuvens. Outro dia lhe disse: "Você pensa que apenas árvores e dentes têm raízes? Nós também!".

Falei isso porque ela parece apenas suportar, sem aceitar o jeito brasileiro de viver. Mudas transplantadas tornam-se árvores frondosas, não importa de onde tenham vindo. Dão sombra, flores, frutos, berço e ataúde e são quase sempre derrubadas, nem sempre pela mão do ser humano, pois temos as tormentas, os furacões, os grandes desastres naturais e aquelas tragédias, esperadas ou não, que irrompem com a violência que lhes é própria, como esta que agora se abateu sobre nós. Mas por que não podemos ser como as árvores, ao menos nesse particular?

A guerra, a terrível guerra, mata milhões na Europa, mas os brasileiros parecem alheios a isso tudo. Um amigo pediu-me uma sugestão de mote para uma canção; ele me disse que só precisava da letra, a música ele já compôs. Pedi que a assobiasse, e ele não se fez de rogado. Percebi que, pelo metro, a melodia, os versos poderiam ser do maior poeta que a língua portuguesa já teve.

Ele ficou muito contente e me disse: "Diz, diz, diz quais". E eu declamei animado, com emoção na voz, embora ele, claro, achasse engraçado o meu sotaque: "No mar tanta tormenta e tanto dano/ Tantas vezes a morte apercebida;/ Na terra, tanta guerra, tanto engano,/ Tanta necessidade aborrecida!/ Onde pode acolher-se um fraco humano,/ Onde terá segura a curta vida,/ Que não se arme e indigne o Céu sereno/ Contra um bicho da terra tão pequeno?".

Esperei os elogios porque, sendo estrangeiro, trouxe à lembrança não um escritor alemão, mas um escritor português para falar de guerra, da mesma guerra que o ser humano trava desde tempos imemoriais, com pedras, tocos de pau, espadas, canhões ou bombas, mas sempre a mesma. E até me inclinei depois de recitar os versos de Camões.

Mas ele, sempre debochado, veio com estas palavras:

— Doutor — ele só me chama de doutor —, o senhor anda muito, como é mesmo a palavra que o senhor disse que o definia?

— Quando? Preciso saber a data ou a situação para localizar na memória a palavra que você quer reouvir.

— Reouvir? Por que não diz ouvir de novo, doutor? Reouvir! Isso lá é palavra de um homem elegante como o senhor, doutor?

Reouvir! Quem reouve? As putas do cabaré Cama Redonda reouvem, já que ouvem todos os dias as mesmas coisas, tipo "quanto é?". Tudo na vida tem um preço, não é mesmo, doutor? Aliás, isso também foi o senhor quem me ensinou, esse lado comercial da vida. Isso de que tudo tem um preço pode até ter, mas nem sempre se paga. — E ele deu uma gostosa risada.

E continuou:

— A palavra que eu quero ouvir foi aquela em que o senhor se definia e que acabei esquecendo. O senhor disse primeiro em alemão, essa língua morta que o senhor insiste em falar e escrever, e agora ainda esqueço essa palavra que nem sequer foi pronunciada na sua língua, mas naquela que o senhor adotou ou foi por ela adotado, o doutor já anda confundindo muito minha cabeça...

— *Widerlich* — eu disse, gaguejando, também eu esqueci a palavra que ele queria lembrar.

— Não, não era essa, doutor, era outra, inclusive. O senhor disse... como é mesmo? Vida no lixo?... era muito mais forte que essa... como é mesmo?

— *Widerlich*, eu repeti.

Essa aí — ele retomou, incapaz de pronunciar. — O senhor disse na ocasião que só era "vida no lixo" no cabaré, talvez, mas que o senhor aquele dia estava sendo... puxa vida!... como fui esquecer, achei a palavra tão bonita! Ah, lembrei! Eu jamais esqueceria uma palavra como aquela.

— Então diga — ordenei —, diga a palavra que eu disse e da qual me esqueci.

— Esqueci de novo! O senhor pode me interromper sempre, é seu direito, mas, quando me interrompe, saiba que depois demoro a retomar o assunto, o fio da meada, embora nem eu, nem o senhor bordemos.

— É o que mais fazemos com as palavras: bordar!

— Doutor, deixe as profundezas onde o senhor sempre está, com esse olhar de peixe morto, e venha ser ao menos peixe vivo aqui em cima, venha à tona, doutor!

— Lembrei agora — eu disse a ele. — A palavra não era *widerlich*, era...

— Em alemão de novo, não, pel'amor de Deus, é uma língua morta. Abandone essa língua, doutor, diga em português. O senhor não sabe como eu rio por dentro, sem perder o respeito, é óbvio, mas quando o senhor fala português, *o senhor ficar muito engrazado*.

— Está bem — eu disse. — Eu lhe disse outro dia que eu andava muito sorumbático.

Então ele ficou muito alegre, saltou da cadeira, pegou o violão e começou a tirar uns acordes muito melodiosos.

— Sorumbático é tu, sorumbático é tu, que tem cara de tatu. E continuou:

— "No mar tanta tormenta, tanto dano", não. Deixe o mar pra lá; o mar atrapalha muito, ele é bom só para a gente olhar. O senhor sabe como ele fazia com os antigos navegadores, ele e o vento, porque o mar e o vento são irmãos gêmeos, levavam os barcos para onde os navegadores não queriam ir, de repente aqueles que não morriam afogados aportavam numa terra desconhecida e eram comidos vivos, doutor, cada um dos selvagens tirava um pedacinho de cada visitante para experimentar, ainda antes de cozinhar os próximos.

Foi assim este pedaço de conversa com ele, que desta vez, mas só desta vez, não falou de sexo.

E neste carnaval os grandes temas foram outros. Milhões — milhões! — de jovens perdendo a vida em campos de batalha, bombas caindo do céu por toda a parte, torpedos subindo de submarinos para afundar navios lotados, cadáveres por todos os cantos do universo, e os brasileiros mais pulavam que dançavam para acompanhar um tipo de sacolejo que eles chamam "limpa-banco" porque ninguém fica sentado no salão, basta sair quase caminhando, ou melhor, troteando pelo salão. Como o nome diz, trata-se de uma marchinha.

Os brasileiros não querem saber de guerra. No meio de tanta carnificina, eles escolheram outros temas com que se preocupar. E um deles, imaginem, foi a falta de cabelos. Isso mesmo, a calvície; se eu contar a meus amigos europeus, vão dizer que estou mentindo, mas eles cantaram todas as noites estes versos: "Não precisa ter vergonha/ Pode tirar seu chapéu/ Pra que cabelo?/ Pra que, seu Queirós?".

Até pensei que estariam homenageando Eça de Queirós, mas o nome era invocado apenas para rimar com o verso seguinte: "Agora a coisa está pra nós". E prosseguiam: "Nós, nós os carecas/ Com as mulheres somos maiorais/ Pois na hora do aperto/ É dos carecas que elas gostam mais".

No salão, carecas e cabeludos cantaram o grande tema que preocupava os brasileiros: a calvície. E a seguir emendavam: "Nega do cabelo duro/ Qual é o pente que te penteia/ Qual é o pente que te penteia/ Qual é o pente que te penteia, ô nega".

E, em vez de chorar o desaparecimento do mundo, eles passaram o carnaval lamentando o desaparecimento da Praça Onze: "Vão acabar com a Praça Onze/ Não vai haver mais Escola de Samba, não vai/ Chora o tamborim/ Chora o morro inteiro/ Favela, Salgueiro/ Mangueira, Estação Primeira/ Guardai os vossos pandeiros, guardai/ Porque a Escola de Samba não sai// Adeus, minha Praça Onze, adeus/ Já sabemos que vais desaparecer/ Leva contigo a nossa recordação/ Mas ficarás eternamente em nosso coração/ E algum dia nova praça nós teremos/ E o teu passado cantaremos".

É muito difícil entender o Brasil. No carnaval cantaram muito também uns versos que, a princípio, nem acreditei fossem de um autor comunista. Não tenho coragem de sequer assobiar os versos perto de Lotte, pois ela ficou indignada quando ouviu pela primeira vez; depois, foi-se acostumando: "Ai, meu Deus, que saudades da Amélia/ Aquilo sim é que era mulher// Às vezes passava fome ao meu lado/ E achava bonito não ter o que comer/ Quando me via contrariado/ Dizia: 'Meu filho, que se há de fazer?'/ Amélia não tinha a menor vaidade/ Amélia é que era mulher de verdade".

Lotte! Não sei como fui me apaixonar por ela! No começo, apenas o encanto feminino, o eterno feminino, como dizia Goethe, ele também apaixonado por uma subalterna. Foi acaso encontrá-la ou foi destino?

No frescor dos 20 ou 30 anos, o acaso sempre parece destino; mais tarde aprendemos que vivemos do modo como sempre desejamos, ainda que desconhecendo que desejávamos exatamente aquele modo. O verdadeiro caminho é determinado de dentro para fora: se meu coração está em desordem, em desordem estará o mundo também, e se meu coração está arrumado, a desordem do mundo não me afetará, ainda que pareça afetar-me.

Nossos desejos mais profundos acabam por encontrar os caminhos que sempre imaginamos, é em direção a eles que somos levados, e se não quiséssemos chegar ali, teríamos de ter mudado muito antes. Eu mudei para chegar aqui, para me enterrar nesta cidade serrana, Petrópolis, cujo nome homenageia um imperador a serviço de escravocratas. O fato é que todos nós temos um objetivo invisível, e é para lá que rumamos. Precisamos descobrir qual é esse objetivo e, se for o caso, alterá-lo.

Os presentes dos deuses sempre me assustam; é um medo secreto, mas é aterrador. Ninguém percebe o quanto esse pavor me angustia e oprime, mais do que a asma aperta o peito de Lotte, mas o fato é que vivo louvado e apavorado neste país. A qualquer momento tudo pode desabar, então eu decido a hora para não me assustar ainda mais. Ouço barulhos. Deve ser Lotte acordando. Quem sabe deixe o quarto de dormir e de morrer e ainda tome o segundo café comigo.

Quem diria! O livro que escrevi em 1913, *Medo*, publicado em 1925, dava título ao que eu passaria quase 30 anos depois. Fui profeta de mim mesmo. Aos poucos fui construindo o dia de hoje. Cada dia era pedra que eu empilhava sobre o peito. Quando Frederica recusou-se a morrer comigo — "se você quer morrer, morra sozinho, não precisa de minha ajuda para isso" —, percebi que os cuidados que tínhamos em não tomar o mesmo avião era uma coisa já sinistra e agourenta.

O que adiantou? Um dia, viajando com Lotte, deixo minha amada no hotel, desarrumando as malas, e quem encontro no consulado britânico em Nova York? Frederica e a nossa filha Susi! Minha ex-mulher achou que era uma coisa mística, as transcendências das quais tanto falava. Vivia me lembrando que nossas lembranças tinham criado vínculos para a vida inteira. E estava certa. Ali em frente ao elevador, numa cidade de sete milhões de habitantes, viajando clandestinamente, encontro aquela a quem tinha abandonado e a quem jamais procurava. A vida é assim: encontramos o destino nos caminhos que tomamos para evitá-lo.

Todos aqueles que muito se esforçaram para fugir da morte na Europa, uma vez salvos, deveriam arrepender-se. Viver deve ser mais natural. Se vem a morte, que venha, ela também é natural. Muitas vezes terão motivos de arrepender-se de estarem vivos.

A vida é muito injusta, mas não com todos. Foi injusta com Colombo, que descobriu a América e não pôde dar seu nome ao continente porque não sabia o que tinha realmente descoberto. E foi excessivamente generosa com Américo Vespúcio, que não descobriu nada e deu nome ao Novo Mundo pelo simples fato de tê-lo registrado como tal. Foi assim também com os Evangelhos. Não fossem eles, Jesus nem teria existido. Não é por outro motivo que narro sem parar, conto tudo de novo, escrevendo sempre o mesmo livro, ainda que com títulos, personagens e tramas diferenciadas. Mas eu não sou propriamente um *Schriftsteller*, talvez nem um *Dichter*, apenas um *Schreiber*. Todavia, *Schreiber* jamais quis ser, embora o Destino fizesse isso de mim. Garanto que, depois de morrer, os que cuidam de pessoas e de coisas mortas vão mandar fazer uma plaquinha em que se dirá: "Nesta casa morou e nela se matou o *Dichter* Stefan Zweig". Narrador e escrivão, não. Apenas autor ou poeta, como quiserem entender.

Mas os narradores não apenas sempre triunfam como também inspiram os outros. E não podem ter ética no seguinte sentido: não podem saber de onde vem o dinheiro que os edita, quem derruba árvores para fazer papel. Américo Vespúcio escreve cartas de agradecimento a Lorenzo Il Popolano, um dos Médicis, agradecendo a ajuda, como fez Colombo com os reis católicos, mas Thomas Morus vai inspirar-se em Vespúcio, não em Colombo, para escrever sua *Utopia*. É que a carta do narrador florentino circulou por toda a Europa, enquanto das cartas do genovês somente se soube muito tempo depois. Ideias precisam de divulgação! *Die Angler and der Seine* é muito melhor do que *Brasil, país do futuro*. Mas os pescadores, de águas turvas ou claras, precisam que se saiba deles.

Você sempre pensa, ao começar um novo dia, que a vida vai ser melhor nesse outro começo, mas às vezes, ou quase sempre, o dia anterior foi melhor. E sobretudo a noite. É o que vale também para essa guerra. Eu sofro muito mais do que os outros porque percebo, sem saber dizer por que, que amanhã será pior. Vamos perder a guerra, mas, se ganharmos, até a vitória será incômoda e talvez ainda pior do que a derrota!

Meu Deus, Lotte está demorando a acordar. Mais do que o habitual. Terá partido antes do combinado?

Epa! Justamente no dia em que vou morrer surge esta feridinha nos meus lábios. Irrompeu esta noite, fruto do cansaço de viver, certamente. Viver cansa! Poucos percebem, mas cansa! E às vezes cansa muito e a alguns mais do que outros.

Aproveitando que Lotte está dormindo, vou ler um pouco. Preciso aprender esta língua portuguesa, que é doce, mas é também difícil e sem objetividade. Tudo é ou não é, depende da situação. Os brasileiros dizem "pois não" quando concordam e "pois sim" quando discordam. Mas esse "pois sim" é dito com especial entonação, e é o modo de dizer, não as palavras, que lhes fixa o exato significado.

Alguém disse que o Padre Vieira é muito chato. Então deve ser bom. Um agradável ignorante me ensina muitas coisas, sobretudo a leveza de viver irresponsavelmente, mas nada me ensina dos letrados brasileiros, que tantos dizem admirar.

Para compensar os boquirrotos brasileiros, vou ler este sermão de Vieira sobre o mais silencioso santo da cristandade, São José. Mais silencioso do que ele, impossível, pois jamais disse uma só palavra. Ou melhor, todas as que lhe são atribuídas não têm a certificação dele, não é ele mesmo que as profere. O sermão de São José, que agora vou ler, foi pregado na Capela Real, em 1642, há exatos trezentos anos! Gosto de efemérides! Sabemos o mês e o dia porque era aniversário de Dom João IV, o Encoberto. Ficou ali encoberto o tempo todo, como que protegido, para na hora certa restaurar a independência de Portugal, então sob domínio da Espanha desde 1580, devido à morte de Dom Sebastião, que não deixou herdeiros. Morreu na batalha de Alcácer-Quibir, na África, enfrentando os exércitos mouros de uma forma completamente desorganizada, numa gritaria, numa furiosa gritaria, já que os portugueses achavam que estavam destinados a vencer de qualquer modo. Então pra que estratégia? No fim nem o cadáver do rei foi encontrado. E ainda assim serviu de bom pretexto para dizerem depois que ele apenas se encantou para voltar mais tarde. Quando? Ah, esses prazos, quem os controla? Podem durar a vida inteira.

Meu cadáver vai ser encontrado onde sempre lutei, nesta casa, ali no quarto, na cama ao lado da qual está a outra onde Lotte ainda dorme. Será que ela cumprirá o trato e se matará depois de me dar o Veronal? As mulheres são sempre muito astuciosas, mesmo as mais simples. Frida, quando a convidei para morrer comigo — eu não queria pronunciar a palavra *Selbstmord*, por achá-la muito forte e pouco precisa, já que não morreria por minhas próprias mãos, antes ordenaria que me matassem, e, portanto, *Selbstmord* não designaria precisamente o ato —, saiu-se com esta: "Por que você precisa de mim para morrer?".

E olhando-me com aqueles olhos que sempre me pareceram gelados, acrescentou com voz grave, quase masculina, fortíssima: "Você não precisa de mim nem para viver".

Com Lotte será diferente! Ela está acostumada a fazer tudo o que eu ordeno que faça. E quando faz o que não mandei, são apenas coisas involuntárias, como tossir, gemer, queixar-se, sofrer, amuar-se aí pela casa. Sempre gostei de tirar-lhe a roupa, dando-lhe uns apertões nos peitos, principalmente no escritório, depois de trabalhos de secretaria, mas já faz algum tempo que aqueles verões se foram. Agora tudo lhe dói. Dói mais em mim essa recusa de dores sem fim! Os peitos doem, as pernas doem, a barriga dói, a cabeça dói, tudo nela dói. Ela, jovem, cheia de dores. Eu, velho, cheio de saúde! Que paradoxo!

Vieira é gênio. Já começa o sermão com o único tema que realmente interessa, como disse Camus: se o melhor dia é aquele em que nascemos ou aquele em que morremos. Eufemismos. A questão é: quem já não pensou em partir desta para outra vida, não por seus próprios meios, mas de sua livre vontade?

Ouço barulhos. Deve ser Lotte acordando. Quem sabe ainda toma o segundo café comigo. Ou terá partido antes do combinado? Toda mulher esconde uma ou muitas coisas do homem com quem vive. Talvez Lotte esconda apenas uma. Mas qual será?

II

PERDIDOS EM PETRÓPOLIS

"Os bons vi sempre passar/ No mundo graves tormentos;/ E para mais me espantar,/ Os maus vi sempre nadar/ Em mar de contentamentos."

Faz mais de 30 anos. O tempo passou, e demorei a notar que os dias me roíam por dentro, obrigando-me a trocas nas quais quem sempre ficava em desvantagem era eu.

O destino da gente pode mudar pela palavra de um amigo que, justamente porque vinda de um amigo, não a questionamos. Em certo dia de 1911, Walter Rathenau me disse: "É preciso conhecer o mundo antes de escrever sobre ele". Aquilo que me pareceu um bom conselho eram palavras sensatas, razoáveis. Deveria ser isso mesmo? Deveria, mas não era. A ferramenta intelectual mais importante de um escritor é sua imaginação, jamais a pesquisa. Pesquisa, coleta de dados, olho sobre a realidade? Nada disso importa. Não é à toa que Homero era cego. Um escritor só precisa ouvir. E quanto mais contraditório o que ouve, mais fascinante será o desafio para escrever sobre o tema escolhido. Mas não, eu segui a recomendação do meu amigo e em 1911 lá estava eu no Oriente, depois no Caribe.

Estive no Canal do Panamá um pouco antes de os dois oceanos se juntarem pelas mãos do ser humano. Se eu já conhecesse um famoso poeta brasileiro — o Brasil tem tão bons poetas, mas, ai, quão esquecidos! —, teria tido outra ideia daqueles dois mares. Castro Alves, contemplando o Atlântico no horizonte, fez este lindo verso: "Qual dos dois é o céu? Qual o oceano?". Mas como ele mesmo diz: "[...] Das naus errantes/ Quem sabe o rumo se é tão grande o espaço?", e eu sou esta nau errante, navegando, deixando rastros que vão desaparecer mais cedo ou mais tarde, pois o Brasil, grande como o mar, é também grande como o Saara, onde "[...] os corcéis o pó levantam,/ Galopam, voam, mas não deixam traço".

Quando lia as *Meditações sul-americanas*, do conde Hermann Keyserking, fiquei com vontade de conhecer a parte do mundo que, segundo ele, permanecera no estado em que fora criada no terceiro dia. Era a América do Sul. Muito culto o conde, mas esqueceu umas coisinhas nos desabridos elogios que fez à nova terra. No terceiro dia ainda não tinham sido criados homens e mulheres, e ele os ignorou. É o quarto dia que não tem crepúsculo, como disse Santo Agostinho. Como foram contados os dias anteriores à criação do Sol, da Lua e das estrelas, isso é coisa que está para além de meu entendimento. Disse a Walter que eu queria ir, então, à Argentina, de zepelim, e perguntei-lhe se duas ou três semanas seriam suficientes para ver tudo.

Mas não fui naquele ano. Vim 25 anos depois. E não vim de zepelim. Vim de navio. E não desembarquei em Buenos Aires, mas no Rio de Janeiro. Meu Deus, nada é como planejamos, encontramos o que não procuramos, e o que procuramos nem sempre achamos. O mais comum é que encontremos o que jamais procuramos, seja a desgraça, seja a felicidade. Mas, como sabemos, a felicidade não é indispensável. E a desgraça raramente é evitável, pois desaba sem aviso, sem planejamento, e dá sempre certo do ponto de vista de quem a lança sobre o mundo.

Cheguei ao Rio à noite. Jamais esquecerei o dia da chegada, ou melhor, a noite, com a vista noturna deslumbrante da cidade que me recebia tão bem. Parecia que ali eu seria feliz, e Lotte também. Minha amada desceu de vestido estampado, com um casaco preto nas mãos, luvas e guardachuva. No navio, calçou sapatos pretos, fechados. Para um homem garantir a paz conjugal à hora em que a mulher se veste, é melhor, perguntada a sua opinião, responder favoravelmente, pois, afinal, seu juízo não tem a menor importância, é apenas uma concessão amistosa que a esposa lhe faz, convicta de que o companheiro nada entende daquilo e que sempre haverá de preferi-la nua, ou "pelada", como dizem os brasileiros, que até nisso são libidinosos, porque nuas estão as estátuas gregas, as obras de arte, não as mulheres com as quais vivem, ainda que periodicamente. Estas jamais estarão nuas, mas peladas, isto é, com a pele cobrindo a nudez, porque o que os incendiará será sempre a pele da amada, que, sabendo disso por intuição, cuida muito bem do maior órgão do corpo humano. O chapéu, igualmente preto, ela o arrumou charmosamente de lado, realçando o coque, pois, se cabelos soltos dão sensualidade à mulher, em Charlotte, não. É quando mostra a parte de trás do pescoço que lhe espalha luz sobre o rosto, quase sempre entristecido.

Quando começou nosso caso, no escritório, eu, para entendê-la, ia aos livros buscar a compreensão que me faltava, o que eu não entendia, os hiatos produzidos pela diferença de idade de quase trinta anos entre nós dois. E quem melhor entende uma mulher do que ela mesma? Por isso, fui reler *alguns textos sobre a mulher jovem*, pois, se amamos nas moças o frescor, sabemos que esses encantos são passageiros, não nelas, mas em nós, e que todos precisamos do Espírito. E Charlotte me parecia ter tão pouco dessa essência. Frida tinha mais, que Lotte não me ouça, pois outra característica das mulheres é o absolutismo, elas não nos permitem a comparação que, em irrompendo em nossos corações, deve ser contida, banida, anulada, evitada ou pelo menos escondida daquela com quem se vive. Colette viveu com um homem mais novo do que ela 24 anos, o que hoje equivaleria a uns 40 ou mais, e diz no fim do romance autobiográfico *Chéri*, cuja leitura me trouxe um conselho no desfecho: *"Au revoir, mon Chéri, au revoir... C'est ça... Tu diras à Charlotte...' Elle referma sur lui la porte et le silence mit fin à ses vaines paroles désespérées"*. ("Adeus, meu querido, adeus... É isso... Você dirá a Charlotte...' Ela fechará sobre ele a porta e o silêncio do fim a suas palavras desesperadas"). Como a personagem tinha o mesmo nome de minha amada, a esse tempo um caso apenas, eu tentava ver em que se pareciam ou se diferenciavam.

Dias depois, em 25 de agosto de 1936, quando fomos recebidos pelo presidente Getúlio Vargas, ela foi de blusa branca, com saia e casaquinho pretos, e de sandálias, também pretas. Como dizem os brasileiros, a coisa estava preta, mas ninguém percebeu, talvez apenas as mulheres ao se vestirem assim, ainda que sob a justificativa da elegância. Meu conterrâneo Freud faria belo e profundo estudo sobre cores e cortes da indumentária feminina para cada ocasião, sempre indecifráveis para todos nós.

Naquela ocasião, perguntaram-me que escritores alemães eu destacava. Citei Arnold Zweig, Alfred Döblin, Lion Feuchtwanger e os irmãos Mann. E, se eu pudesse, convidaria o outro Zweig a contar o que se passou entre ele e Freud depois que se submeteu ao tratamento do mestre, fazendo terapia por conta própria, apenas lendo sobre as neuroses, com o fim de entender sua própria neurose de escritor e soldado judeu alistado no exército alemão. Parece que se curou de vez, mas, depois de viver na Palestina, foi morar no Leste Europeu, onde pode ter se dado bem, pois com a neurose de lá ele se entendia. Será que sempre temos de descobrir quais as neuroses que não nos fazem tanto mal, já que a saúde psíquica parece uma uto pia? Quanto ao Döblin, os brasileiros devem substituir a leitura de *Berlin Alexanderplatz* pelo filme, mas seria bom que os leitores entendessem a sutil comparação que Döblin faz entre Jó e Franz Biberkopf, a personagem central, operário alemão que ele escolheu como herói que busca a redenção, depois de matar a própria mulher por ciúme. De Feuchtwanger citei *O falso Nero*, romance em que a personagem principal é Hitler, ambicioso que quer se tornar imperador e morre crucificado; aliás, morrem todos: ele e seus apoiadores. Lotte, que estava na plateia, disse que ouviu alguém murmurar: "Mas ele só cita escritores judeus", ao que outro disse: "Não, citou os dois irmãos Heinrich Mann e Thomas Mann; você não sabe que um deles ganhou o Prêmio Nobel?", ao que o outro respondeu: "Ah, sim, ele tem mãe brasileira, este que ganhou o Nobel".

De quantas coisas um homem se lembra no último dia de sua vida! Eu vou me lembrando disso no café da manhã. Como Lotte ainda não se levantou, vou falando comigo mesmo, recordando para juntar fragmentos, compor o mosaico para que possamos nos entender, entender o que houve conosco, nem que isso seja feito no último dia de vida. Não sou mais austríaco, acho que comecei a ficar brasileiro desde o dia em que eu mesmo li em *O Globo*, em 18 de abril de 1938, vai fazer quatro anos daqui a pouco, que eu ia me naturalizar brasileiro, depois que a Áustria foi anexada à Alemanha.

Lotte dorme. É o que mais faz ultimamente. Experimenta em prestações o sono eterno. Não é recomendável dormir tanto, a pessoa pode acostumar-se, achar o sono bom, prolongá-lo um pouco a cada dia e, por fim, não acordar mais. A vida não é dos dorminhocos, é dos vigilantes, dos acordados e também dos insones, aqueles que não sabem dosar o descanso, até mesmo por razões que lhes são indevassáveis. Mas se não dormir, como sonhar?

Esta cidade sem mar me entristece a cada dia. Quando vim olhar esta casa, da varanda vi o morro, cheio de árvores, o Paraíso no terceiro dia, nem me importei com o mar, mas agora, ai, quanta falta o mar me faz! Se eu não morresse hoje, se decidisse viver de novo, iria voltar ao Hotel Paysandu, na praia do Flamengo.

Como fui feliz ali e, além do mais, adoro morar em hotel, pois odeio fazer café, embora ninguém saiba disso, e Lotte demora tanto a levantar que não só faço meu café sozinho como também preciso tomá-lo sozinho, tendo como companhia apenas temtem-da-dragona-vermelha, prima de tem-tem-do-espírito-santo; não sei quem lhe deu esse nome, deve ter sido um jesuíta, eles eram danados em tudo e até os nomes dos pássaros manipulavam, não apenas o das cidades e o das pessoas.

Mas o que há sob um nome? O rosto de uma pessoa, sua vida, sua biografia, o que sente, pensa e diz, o abandono ao qual foi submetido por muitos outros nomes.

Outro dia, Lotte me perguntou por que dei o título de *Coração inquieto* a meu romance, se aquele coração é autobiográfico, se aquele coração é o meu. Eu lhe disse, como se brincasse, se você pergunta é porque o seu também está desarrumado. Eu ia pôr na epígrafe uma frase de Santo Agostinho, "meu coração esteve sempre inquieto, mas acalmou-se ao encontrar Deus", ou algo assim, mas fiquei com medo de desagradar a meus leitores judeus. Um dia, Frida me perguntou o quanto Lotte era importante na minha vida, e eu perguntei por que a pergunta. E ela disse: "Tenho pena da menina. Vocês, filósofos, não pensam nas mulheres que amam, mesmo Santo Agostinho só fala no filho Adeodato, não fala sequer no nome da mãe do filho, fala apenas em Mônica, a avó do menino, poderia ao menos dizer que ela se chamava Melânia". Outro dos mistérios de Frida: jamais pensei que se preocupasse com nomes!

Acho que vou acordar Lotte ou ao menos levantar o volume do rádio ou deixar Tem-tem cantar!

III

O ÚLTIMO DIA DA MINHA VIDA

"Transforma-se o amador na coisa amada,/ Por virtude de muito imaginar;/ Não tenho, logo, mais que desejar,/ Pois em mim tenho a parte desejada."

É muito bom esse sistema de o leitor receber em domicílio o livro que não pediu. Nem todos os leitores sabem o que precisam ler, ficam indecisos, assim o Clube do Livro da Editora Guanabara Koogan vai entregando os títulos que o editor ou os leitores escolheram. Não há risco de distribuir encalhes de livros imprestáveis, já que o senhor Koogan é muito criterioso na escolha dos originais a publicar.

Escritor é viciado em livros. Não apenas os escreve, mas os lê, ama, convive com eles como se fossem amigos. O melhor amigo do ser humano não é o cachorro, é o livro. O cachorro é submisso; o livro, não! O ex-amigo te ofendeu ou te traiu, o livro, não! Você pode abandoná-lo na estante, mas ele será sempre o mesmo e só mudará se você mudar antes de o ler, já que cada livro é outro a cada leitura. Escritor é assim: vai morrer hoje, mas morre pensando no seu vício.

Lotte escreveu para a sobrinha dizendo que eu teria calma para escrever aqui em Petrópolis, que é uma estância serrana maravilhosa. Que eu só precisava disso: calma para escrever e a atenção de Koogan, o meu editor.

Lotte! Aqui está sua foto na cartela do *American Foreign Service,* quando nos preparávamos para ir aos Estados Unidos e apresentávamos passaportes britânicos, e ela declarava que iria me acompanhar numa "*lecture tour*", apresentando como comprovante uma carta de Harold R. Peat me convidando. É de 10 de setembro de 1940, quase dois anos atrás. Lotte tinha completado 32 anos no dia 5 de maio e estava bem longe da Alemanha, felizmente. Encontrará a morte bem longe de Kattowice, a cidade natal. O bebê que ali surgiu para o mundo, depois do frescor e dos esplendores dos verdes anos, agora se prepara para ter seu fim aqui.

A foto engana, como todas as fotos. Cabelos curtos, pretos, repartidos ao meio em cima da cabeça, uma blusa bem fechada, de grandes botões. Olhou bem para a câmera, quase sorriu. Estava feliz, vinha para o Brasil, os olhos brilhavam, não sabia que vinha para morrer tão jovem no Paraíso, em companhia de um velho desastrado como eu.

As mocinhas precisam ter mais cuidado ao escolher os maridos. E se ainda escolhessem o pai de seus filhos, poderiam até desprezar o marido, ignorá-lo ao menos, e dedicar-se apenas aos rebentos, afinal é para isso que elas mais nos querem; e, se possível, durante pouco tempo na existência delas, que é mais curta do que a dos maridos, do ponto de vista do aproveitamento dos frutos que o sexo lhes dá, poderão exercer o poder da atração irresistível que o corpo feminino desperta no homem a seu lado.

Mas comigo o principal é o secundário, o prazer que posso lhe dar como homem vai durar quase a vida inteira, contudo o que ela podia me dar como mulher, não, logo feneceu com essa asma desgraçada, que impede beijos, carinhos e todo o resto. E filhos, nem lhe prometi, nem ela os quis! Charlotte Elizabeth, na ficha Charlotte Elizabeth Zweig, não deixará descendência alguma!

"Que rio é este pelo qual passa o Ganges?", perguntou um poeta. Que mulher é esta que a foto esconde?, pergunto eu. E fotógrafos e estúdios ainda falam em revelação. "Não ficaram prontas as fotos, ainda não foram reveladas!" Mas elas nunca o serão, de certo modo, pois Lotte, como é o caso, jamais foi revelada.

Tínhamos chegado ao Brasil em 21 de agosto. Minha jovem mulher foi obrigada a assinar a ficha explicando "cheguei ao Brasil em 21 de agosto de 1940, com o propósito de acompanhar meu marido" e acrescentando "minha ocupação nos últimos dois anos foi dona de casa e atualmente é a mesma".

Dito em português parece menos ofensivo, dá-se como natural a mulher cuidar da casa, como é de praxe desde as mais antigas civilizações, pois elas, as mulheres, têm habilidades práticas nos serviços para os quais parecem nascer preparadas. Li outro dia numa cartilha chinesa que os primeiros ideogramas para designar a mulher apresentam-na inclinada, dobrada ao meio, indicando uma pose e duas variações: sexo, prece e trabalho. É o que mais elas fazem ao longo da vida: prestam serviços aos homens e a seus deuses, às vezes homens e deuses reunidos na mesma entidade, como fizeram os cristãos com a trindade. O deus barbudo, primeiro dos judeus e depois dos cristãos, já era barbudo também nas antigas civilizações em que os mais velhos estavam no poder, e só passaram a ser imberbes quando os mais jovens os substituíram, fosse por epidemia, que dizimava primeiro os mais fracos, estando os velhos entre eles, fosse por guerra. Já as deusas, essas sim, eram sempre representadas de cara limpa, pois os cosméticos, não sendo bens de primeira necessidade, tardaram a chegar, vindo apenas em período de alguma prosperidade ou abundância. Além do mais, mulher jovem precisa de cosmético para quê?

Já nós, os homens, somos uns atrapalhados em afazeres em que elas milenarmente se dão muito bem. Criaram a cozinha, para o cozido de caças e cereais; criaram o forno para o pão; criaram a cama para melhor nos receber; criaram a higiene, nelas mais indispensável do que em nós, por sangrarem todo mês e saírem pouco de casa, pois nós atravessávamos rios e lagoas, adentrávamos os mares, enquanto elas impediam, nas cavernas ou em rústicas choupanas ou grutas, que os bebês não morressem ou não fossem comidos por predadores. E, se não voltássemos, saíam à procura dos companheiros, trazendo não raro apenas o corpo ou restos mortais para guardá-los perto de onde moravam, inventando, assim, também o cemitério. E talvez tenha sido delas também a invenção da escola para passar adiante o patrimônio de saber acumulado, do contrário os filhos precisariam começar tudo do zero outra vez. De todos os sentidos femininos, o mais importante é o olhar, mas um olhar diferente do nosso, que é para ver. Para as mulheres, a direção preferencial é outra. De tanto usarem o olhar para guardar, para vigiar, para cuidar, elas exercitaram mais o de serem vistas, o de ser visto. Já cegos ou mortos, elas queriam ter-nos por perto para que fôssemos vistos, uma forma de não sermos abandonados ou ignorados. Em vez do clássico "você está me vendo", o oculto "você está sendo visto", como nos triângulos maçônicos, depois adotados pelas igrejas e postos ao alto nas paredes de salas de aula, lembrando eternas vigilâncias.

Lotte herdou da condição feminina, ainda que mais por meios atávicos do que por iniciativas que lhe seriam próprias, uma habilidade com a existência que eu não tenho. Pois em que não sou eu perturbado? Para mim, a vida tem sido sempre cheia de baraços e embaraços, de confusões e equívocos.

Lotte dorme. Agora retoma o último ressono, ouço o rumor, parece o miado de uma gata, mas é apenas a asma cumprindo o seu projeto de escavar os pulmões da minha amada com uma picareta, disciplinada, constante e efetivamente. Mas minha obediente companheira não morrerá disso, já que raramente morremos do que sofremos. A morte é quase sempre criativa e surpreendente. "Não sabeis nem o dia, nem a hora", disse aquele judeu, como eu, mas tão diferente de mim, que sei o dia e a hora. Será hoje à noite. Este é o último dia da minha vida! Aliás, este será o último dia de nossas vidas, pois Lotte também morrerá. Ou será que ela vai desistir, depois de me obedecer pela última vez?

IV

A ÚLTIMA VIAGEM É SEM PASSAPORTE

"*Cuidando alcançar assim/ o bem tão mal ordenado,/ Fui mau, mas fui castigado:/ Assim que, só para mim,/ Anda o mundo concertado.*"

Vinte de setembro de 1940. Fui dar uma conferência no jornal *A Gazeta*, em São Paulo. Quem me convidou foi Cásper Líbero. Lotte e eu chegamos pela manhã; fomos de avião e do aeroporto seguimos para o Hotel Esplanada. O almoço foi no Automóvel Clube, no vale do Anhangabaú — demorei a pronunciar direito essa palavra, ainda que, por incrível que pareça, de algum modo soe alemã. Não comemos direito, foi difícil saborear os pratos quando sabíamos que estavam todos nos observando, pois o almoço era em minha homenagem.

À noite, com auditório lotado, falei em francês. Não tive tempo de preparar nova palestra. Então repeti aquela que eu fiz no Instituto Nacional de Música, em 1936. Meu tema foi A Unidade Espiritual do Mundo. Meu cachê foi de 5.000$000. É um número gigantesco, como tudo no Brasil. Lê-se "cinco milhões de réis", mas o povo reduz para cinco contos. De todos os modos, deu mais ou menos 300 dólares. Saímos dali e jantamos na casa do empresário e acadêmico Roberto Simonsen. Ele estava me ajudando a escrever *Brasil, país do futuro*. Belo título, pensando bem! No Brasil ou em qualquer lugar, o futuro de todos nós é a morte. Mas eu e Lotte, como outros que escolheram antes de nós, somos diferentes. Sabemos o dia e a hora. É hoje.

De São Paulo, seguimos para Minas Gerais. De novo, nada pagamos. Fomos hóspedes do interventor federal. Não convém distinguir o mundo entre esquerda e direita, isso é uma pobreza de pensamento. O Visconde de Carnaxide, a serviço de António Ferro, braço direito de Salazar, que ajudou Friedrich a escapar dos nazistas, embarcando em Marselha, descendo em Lisboa e dali seguindo a Nova York, só nos tem feito o bem. Tremo ao escrever estas linhas, mas essa é a mais pura verdade. A mais pura, não sei, mas é verdade. Ficamos lá até o dia 28 de setembro. Escrevi nos intervalos das visitas às cidades históricas. Em alemão, pedi a Lotte que desse o título de *As desaparecidas cidades de ouro do Brasil*, mas em português acabou ficando, não sei por que, *Minas Gerais, visita às cidades mortas do ouro*. Acho que alguém da tradução gosta muito do Monteiro Lobato, que deu o título de *Cidades mortas* a um livro dele. No dia 5 de outubro entreguei ao Carnaxide as 13 páginas que escrevi sobre o tema.

Conferências como esta têm marcado a minha vida. Foi depois de uma delas, Vienne d'autrefois (Viena de outrora), que casei com Lotte. Casamos em Paris, quantos casais que não são franceses podem dizer isso?

Mas eram tempos revoltos. A França capitulou naquele mesmo semestre, e precisamos partir às pressas, deixando tudo para trás, talvez até alguns pedaços de nós mesmos que muita falta vão nos fazer nos destinos. Essa mesma conferência sobre Viena eu a fiz algumas vezes em apoio a vítimas do nazismo, no PEN Club, na ABI.

Conferências, conferências, conferências, que canseira! Talvez o público, sempre diferente, não se canse de ouvir, quem cansa muito sou eu, dizendo sempre as mesmas coisas, como fazem todos os conferencistas, que semelham um pianista que executa sempre a mesma peça. Assim ficou difícil escrever direito *Brasil, país do futuro*, pois em seguida tive de ir a Buenos Aires, a Montevidéu, a Nova York.

Para Buenos Aires fomos num hidroavião da Panair. Embarcamos no dia 26 de outubro de 1940, está aqui marcado na minha agenda, com a inconfundível letra de Lotte.

Enquanto no Brasil são poucas centenas de pessoas a me ouvir e às vezes poucas dezenas, em Buenos Aires houve mil inscritos. Mas compareceram três mil pessoas. Como o auditório só comportasse 1.500, houve uma bagunça danada, a polícia foi chamada para, como sempre, restaurara ordem. É sempre assim, o mundo parece muito bem organizado até que as pessoas excluídas resolvam de algum modo se incluir. Daí é hora de chamar a polícia.

Os jornalistas argentinos e uruguaios parecem bem mais informados do que os brasileiros. Ou então não são copidescados nem censurados, como os daqui. As folhas platinas registraram que eu sou austríaco, mas que, desde alguns anos, por causa da guerra, me tornei cidadão inglês e que moro nos Estados Unidos. Lembraram ainda que abandonei o castelo de Salzburgo, onde está guardada a coleção dos manuscritos mais importantes do mundo, destacando-se entre eles os originais das composições dos maiores músicos da Alemanha.

Falei em espanhol. Gaguejei um pouco porque tentei evitar os erros de pronúncia para os quais me alertaram no Rio, antes de viajar, o Antenor Nascentes e o diplomata cubano Alfonso Hernández Catá. Os organizadores cobraram dois pesos o ingresso. Repeti a conferência dois dias depois, 31 de outubro, para atender àqueles que a polícia impediu de entrar. Naturalmente compareceram também outros interessados que não teriam ido dia 29, nem iriam dia 31, não fosse a invasão do auditório, que ajudou a divulgar a segunda conferência.

Depois das conferências, havia ainda as entrevistas. Que canseira! Falei muito, sempre, correndo o risco de me chamarem de boquirroto, como de hábito me alcunham. Ocorre que eram tantas as perguntas! Para a matéria que iam fazer sobre a palestra em Buenos Aires, um jornalista de La Nación me pediu que resumisse o que ia dizer. Na edição de 29 de outubro de 1940, lá está a súmula, escrita naquela língua em que tudo parece sempre mais dramático: "*Conforme anunciamos, Stefan Zweig pronunciará hoy a las 18:45 una conferencia en el Colegio Libre de Estudios Superiores, la única de carácter magistral que anuncia en nuestra ciudad: 'la unidad espiritual del mundo', ha denominado el célebre escritor a su disertación de hoy y en ella desarrollará los siguientes tópicos: La situación momentánea del mundo desde el punto de vista espiritual, comparada con análogos momentos cruciales de la humanidad; la caída de Roma, el Cristianismo y el Renacimiento; la gran formación auténtica de la humanidad; nacionalistas y ciudadanos del mundo; América ante el deber de relevar a Europa la hegemonía espiritual; el eterno sueño de la unidad espiritual del mundo. El precio de entrada a esta conferencia ha sido fijado en la suma de dos pesos, y Stefan Zweig se dirigirá al público en idioma castellano*".

No dia seguinte, 30 de outubro, La Nación estampou em letras garrafais que eu tinha falado sobre a unidade espiritual do mundo e que recordei os esforços que a humanidade fez nesse sentido. Jornalista precisa resumir! E ainda fiz mais uma palestra com Borges, no Cinematógrafo Select, com o intuito de arrecadar fundos para a Cruz Vermelha, por convite e iniciativa de ingleses que lá moravam. A conferência foi publicada depois pela revista CLES. Não sei o quanto vende essa revista, mas certamente a presença no conselho editorial do mecenas, o banqueiro e colecionador de arte Alejandro Shaw, compensará eventual falta de leitores ou assinantes. O secretário da revista era Arturo Frondizi, intelectual com pretensões políticas. Não será surpresa se um dia se tornar presidente da Argentina; ele tem ideia fixa nisso, e pessoas com ideia fixa, não sendo impedidas por força maior do que a delas mesmas, acabam conseguindo o seu intento, passem o que passem. Hitler foi para a prisão por causa de uma ideia fixa. Não o demoveram, e ele hoje triunfa com sua ideia fixa. "Deus te livre, leitor, de uma ideia fixa", li outro dia em Machado de Assis.

Comecei minha conferência assim, em espanhol: "Obrigado a expressar-me numa língua que não seja a minha própria — mas na hora pensei: que língua é a minha? A alemã? —, escolhi a de vocês não por mera cortesia, senão pelo prazer de excluir um intermediário a mais. Talvez lhes pareça ousadia de estrangeiro utilizar o melodioso idioma em que produziram suas obras um Cervantes, um Quevedo, um Calderón e um Lope. Espero a gentileza de me desculparem os inevitáveis erros de dicção em nome do desejo cordial de aproximar-me de vocês melhor do que o faria empregando uma terceira língua, estranha para uns e outros. E prossegui dizendo que me senti supérfluo na Europa, pois o continente abandonou a civilização superior, constituída em refúgio seguro para a humanidade, metendo-se todas as nações numa guerra bestial. Assim falando, acho que ofendi os bichos, ao comparar sua ferocidade com a nossa, quando os animais nunca usam mais do que o próprio corpo para se enfrentar uns aos outros. Nem utilizam outros animais para melhor combater, como a humanidade vem fazendo, primeiro com o cachorro, depois com cavalos e bois, e até com gatos, como fez aquele rei que pôs na vanguarda de suas tropas não homens, mas bichanos, pois seus inimigos respeitavam os gatos como deuses.

Em Córdoba, a conferência teve outro título, *A América no futuro do mundo*, e fui apresentado pelo Dr. Tristán Guevara, no Teatro Rivera Indarte. Fui anunciado como o autor de *Maria Antonieta*. Todo escritor tem um livro referencial, e acharam que esse, sobre a rainha decapitada na Revolução Francesa, fosse o meu. Pode ser que tenham acertado. Em Rosário, minha palestra teve como tema *Os arcanos da criação artística*. Talvez eu possa incluir esses textos num futuro livro de ensaios. Futuro? O meu futuro é a morte de hoje à noite, mas é que sempre haverá quem cuide das coisas que um morto deixa, ainda mais se escritor, ainda mais se suicida. Nas duas cidades havia muitos judeus, e todos protestavam contra o apoio da embaixada alemã aos grupos fascistas e antissemitas argentinos.

Vou deixar este recorte de jornal junto com essas anotações. Assim, alguém, quem sabe o menino do colégio, quando crescer, poderá interessar-se pela história do maior acidente aéreo no Brasil, quando o avião da Vasp colidiu com outro, bem pequeno, de turismo, bem em frente ao Pão de Açúcar. Foram 19 mortos, mas poderiam ter sido 21, assim eu não estaria aqui ainda, teria partido com o meu amigo Catá. Pobre Alfonso! De embaixador plenipotenciário de Cuba no Brasil, depois de servir na Inglaterra, na França e na Espanha, tornou-se apenas mote de conferência! E dizer que fui eu mesmo quem o incentivou a viajar a São Paulo, onde também ele fez conferências. Morreu em 8 de novembro, meu artigo de despedida foi publicado 18 dias depois. Era muito querido o Catá! Foi bonita a homenagem *post mortem* que lhe prestamos no Ministério das Relações Exteriores. Oswaldo Aranha e Pedro Calmon ficaram todo o tempo olhando para mim, enquanto eu discursava sobre nosso amigo, disse-me Lotte depois. "A Gabriela, não; ela parecia muito absorta em si mesma, como sempre", disse-me Lotte, que nesse dia se atreveu a me dizer que Oswaldo Aranha era um homem muito bonito. Nunca disse nada parecido de nenhum outro. "Cabelo branco e camisa branca nele ficam muito bem, ainda mais quando o terno é escuro." Estranhei. Todos os homens em geral vestem camisa branca quando estão de terno. "O ministro Aranha foi quem mais prestou atenção em você; os outros pareciam apenas tolerar que fosse você a falar, e até a Gabriela parecia enfadada. E não gostei da mesa e das cadeiras com espaldar alto. A mesa parecia um caixão de defunto, e as cadeiras assemelhavam-se a lápides; depois você confere as fotos, é bem como estou lhe dizendo", ela me disse na ocasião. Em alemão, como sempre. Mas não falei sozinho sobre o Catá. Pedro Calmon fez a saudação em nome dos escritores brasileiros. Gabriela Mistral falou em nome dos escritores latino-americanos, e eu representei os europeus. Quem devia falar por todos nós era o Aranha, mas ele se limitou a presidir a mesa. Eu falei em francês; a Gabriela, em espanhol, e o Pedro, em brasileiro, digo, em português.

Meu Deus! Não faz dois anos que Lotte e eu, felizes e sorridentes, e eu cheio de tesão, nos casávamos em Paris. Aqui estamos, agora, ela gemendo no quarto, não mais de amor nem de sexo, mas de doença que poderá levá-la à morte, não fosse a decisão de partir antes comigo.

Jamais pensei que este meu casamento iria durar menos de dois anos e que acabaria como um divórcio à italiana, por morte não de um dos cônjuges, mas dos dois.

A vida é como o dia. Pela manhã e à tarde gostamos de trabalhar, viver, amar, tudo nos encanta, mas tudo nos cansa. E à noite queremos dormir. Para muitos o sono demora a vir, para outros vem naturalmente. Para mim o *requiescat* virá quando eu quiser. Bem, mas isso ainda não aconteceu, embora vá acontecer ainda hoje. Espero partir com Lotte, mas esse será o último movimento de uma atribulada ópera, e sobre ele não terei controle algum. Tudo indica, porém, que será duplo suicídio. Ouço rumores outra vez. Lotte luta contra os vulcões que dentro dela escavam, escavam, escavam. E seus gemidos já não são mais de amor, não lembram a pequena morte que é todo orgasmo, lembram apenas a grande morte, aquela que de algum modo é um grande orgasmo, como os das mariposas, que, ao morrerem, exalam convites aos machos para a última copulação, aquela que vai garantir que a vida delas prossiga em outros seres. Lotte é essa mariposa moribunda. Hipócrates, Galeno, Teofrasto, todos médicos, falaram do orgasmo como espécie de cólera da natureza.

Faz tempo que Lotte tem apenas esses orgasmos, não aquele dos prazeres. Faz tempo que eu não a ajudo nisso. A bem da verdade, desde o dia em que saí a primeira vez com a moça do correio.

V

VERSOS PARA TEM-TEM

"*Continuamente vemos novidades,/ Diferentes em tudo da esperança:/ Do mal ficam as mágoas na lembrança,/ E do bem (se algum houve) as saudades.*"

O passarinho na gaiola, não sei bem por que, lembra sempre a mim mesmo, mas a ele eu não lembro nada, apenas que, se não lhe tirei a liberdade, sou o seu carcereiro. Mas parecemos amigos, ele preso do lado de dentro, eu preso do lado de fora. Não conversamos, a não ser por troca de olhares e assobios. Contudo, é esse pássaro que nesta manhã, a última de minha vida, deflagra tantas lembranças!

Ano passado, mais ou menos por esta época, ou melhor, em janeiro, Lotte e eu fomos para a Bahia num hidroavião Catalina, da Panair.

O jornalista D'Almeida Vítor foi nosso cicerone nessa viagem. Nós lhe perguntamos se já tínhamos chegado quando o avião amerissou, mas ele explicou, didático, e para um estrangeiro o silvícola tem de ser sempre didático:

— Aqui é Caravelas. Ele amerissou para abastecer. Vamos chegar a Salvador por volta das 13h — pelo jeito, passaríamos fome aquele dia, e de fato passamos. Na Bahia, tudo demorava.
Ele explicou:
— Na Bahia faz um calor danado, principalmente nesta época do ano. Os baianos vão estranhar esses sobretudos de lã nos braços. Eles não sabem que dali vocês vão para os Estados Unidos.
— Mas iremos da Bahia aos Estados Unidos? — perguntou Lotte.
— Não. Vocês seguem de Salvador para outras capitais do Nordeste e de vapor, até Belém, no Pará. Lá vocês embarcam num Clipper da Panam. Lembrei-lhes, então, que, por mais que os transportes se desenvolvessem, estaríamos sempre embarcando como embarcamos na primeira vez que um lenho foi lançado ao mar para uma viagem que levasse o ser humano para bem mais além do que podia ir a pé ou montado num cavalo. Assim, embarcamos em carroças, embarcamos em carruagens, embarcamos em barcos, embarcamos em navios, embarcamos em trens, embarcamos em automóveis, embarcamos em aviões, mas é sempre o barco que está presente. Também os pilotos dos aviões usam o verbo *navegar*; chamam leme aquela peça da cauda dos aviões, como se barcos fossem.
Em Salvador fomos recebidos por Ramiro Bebert de Castro, que nos levou ao interventor federal, Landulfo Alves. Getúlio Vargas é o pai dos pobres, mas não confia nos filhos e não os deixa escolher governadores. Nomeia seus interventores para que executem fielmente o projeto do governo central. Lotte entendeu-se muito bem com a mulher de Landulfo. Elsa Schneider é alemã! Não sei por quanto tempo o interventor aguentará no cargo. Por enquanto Vargas namora os dois lados, noivo cobiçado, e não se decide por nenhum dos pretendentes: nem os Aliados, nem o Eixo. Mas acho que está por um fio, pois o Brasil vai ter de tomar partido nesta guerra. Nas andanças por Salvador estavam sempre por perto um jornalista e um fotógrafo de *A Tarde*.

Parece que em cada lugar escolhem um epíteto para mim. Na Argentina fui *o autor de Maria Antonieta*. No Uruguai, *o autor de Fouché*. Na Bahia, o autor de Amok.

Vou parar um pouco e declamar um poema para Tem-tem. Preste atenção, Tem-tem, veja se você, que, sendo pássaro, entende todas as línguas do mundo, pois todas são linguagens e, assim sendo, são músicas, são poesia, entende os versos que a seguir lhe digo: *"Weh, wieviel Not und Fährnis auf dem Meere,/ Wie nah der Tod in tausendfach Gestalten!/ Auf Erden, wieviel Krieg! Wieviel der Ehre,/ verhasst Geschäft. Ach, dass nur eine Falte/ des Welttalls für den Menschen sicher wäre/ sein bisschen Dasein friedlich durchzuhalten/ indes die Himmel wetteifern im Sturm./ Und gegen wen? Den ärmsten Erdenwurm!"*.

Tem-tem, você não entende, mas presta atenção, que isso já vi. Você, pássaro anônimo, como o chamarei? Será o último ser desta vida a quem direi os versos finais com os quais quero encerrar minha existência. Mas, Tem-tem, veja você, não escolhi versos em iídiche, nem em alemão, escolhi versos em português!

Preste agora redobrada atenção, Tem-tem, que eu vou lhe dizer os versos de Camões em português: "No mar tanta tormenta, e tanto dano,/ Tantas vezes a morte apercebida!/ Na terra tanta guerra, tanto engano,/ Tanta necessidade aborrecida!/ Onde pode acolher-se um fraco humano,/ Onde terá segura a curta vida,/ Que não se arme, e se indigne o Céu sereno/ Contra um bicho da terra tão pequeno?".

Tem-tem está mudo, e calado ficou. O que sabem os pássaros da vida, o que sabem da morte? Outro dia Tem-tem, tendo Lotte, distraída, deixado a gaiola aberta, voou para o galho de uma árvore próxima.

Lotte não é distraída, mas ultimamente se distrai muito, perdeu a concentração por completo, parece adivinhar que vive seus últimos dias no Brasil. Gosta de tratar de Tem-tem, gosta mesmo, e deve ver nele um semelhante, um ser parecido com ela, que no cativeiro protetor do Brasil vive melhor do que na livre Europa de sua infância e mocidade, vividas ali até quando lhe foi possível. Fiquei observando os dois. Lotte voltou com a ração e com a água para o pássaro e pareceu não perceber que a gaiola estava vazia. Voltou para dentro de casa, com passos delicados, como sempre. E Tem-tem retornou à gaiola, aos pulinhos, contente em entrar para o cativeiro outra vez. Ó, vida!

Esse pássaro e essa mulher me ensinam muito! Ambos prezam demais a falta de liberdade que escolheram! Foi por isso que dei ao livro o título *Brasil, país do futuro*. Talvez o futuro seja como esses dois o antevejam: seguro, mas sem liberdade ou com a liberdade concebida de outro modo! Não limitação de liberdades impostas, mas cárceres escolhidos.

Thomas Jefferson disse que o cavalo já foi um erro. Que viajar com outras forças que não as suas já seria um exagero. Ela e eu estamos sempre viajando, mas o que buscamos? Bem, ela apenas me acompanha. Lembrei-lhe outro dia que o cavalo foi o meio de transporte mais rápido até a invenção do trem! E o trem tem pouco mais de cem anos! O avião ainda não completou meio século!

Vejamos o mundo. A Europa está em chamas! A América do Norte está em preparativos bélicos. E a América do Sul está em plena evolução cultural. Somos testemunhas de um dos maiores acontecimentos do mundo desde a queda do Império Romano, da Reforma e das duas grandes Revoluções: a Revolução Francesa e a Revolução Russa. Para a América do Sul, especialmente para o Brasil, estão vindo escritores, artistas, cientistas e poetas do mundo inteiro! Desde a destruição de Atenas e de Bizâncio não se via um êxodo dessa dimensão! Sim, o Brasil é o país do futuro.

Sim, sim, sim, mas ele não é para mim! Hoje à noite partirei, sozinho ou acompanhado. Acho que é mais do que hora de acordar Lotte! Como dorme essa mulher! Está antecipando o sono eterno numa polpuda prestação.

VI

BREVIÁRIO DE NOSSA PEQUENEZ

"Quem faz injúria vil e sem razão,/ Com forças e poder em que está posto,/ Não vence, que a vitória verdadeira/ É saber ter justiça nua e inteira."

Vou me matar hoje. Aguardo apenas a noite chegar. A escuridão será a ponte entre o dia e a longa e misteriosa treva da qual tão pouco sabemos por evitar estudá-la, ainda que estudemos assuntos dos quais jamais trataremos. A morte é mais certa do que o nascimento. Os seres vagam potencialmente no universo, mas muitos não chegam a nascer. Os que nascem, porém, morrem!

Sou um judeu austríaco que, vagando pelo mundo como folha ao vento ou nave ao léu, veio parar no Brasil, onde espera que enterrem seus ossos. A linda e jovem judia polonesa, minha segunda esposa, que dorme aqui no outro cômodo de nosso bangalô petropolitano, vai morrer também. Ela tem poucos amigos, de sua existência quase ninguém sabe nada. Por enquanto. Meu nome é Stefan Zweig. Faz dois anos que moro no Brasil, depois de ter vivido em muitos lugares. O último deles foi Nova York, onde cheguei em 1941, vindo de Londres, onde estava exilado, como estive sempre nos últimos anos.

Nasci na Áustria. Meus pais, ricos e cultos, me deram boas escolas. Não apenas no meu país, mas também na França e na Alemanha. Tenho dois diplomas: de Filosofia e de Letras.

Sou amigo de gente fina, figuras solares deste mundo que ora despenca e mergulha na escuridão. Algumas dessas personalidades todos conhecem. Romain Rolland, Rainer Maria Rilke, Thomas Mann e Sigmund Freud. Deste último recebo cartas caudalosas que deveriam me ajudar a viver melhor, pois, depois de Marx, é ele quem melhor entende o mundo de hoje. Sou um dos escritores mais lidos do mundo, meus livros são apreciados por milhões de leitores em diversas línguas, minha fama alcançou o mundo inteiro.

Comecei minha vida literária com um livro de versos. É comum que os escritores publiquem seus livros na língua materna. Isso parece óbvio, vale para todo mundo, menos para nós, judeus, e para os exilados. Nós somos exilados eternos ou eternos exilados, como melhor aprouver. Ninguém é mais exilado do que judeu, pois ninguém fica exilado a vida inteira. Nós nascemos e morremos exilados.

Assim, foi em alemão que publiquei meu livro de estreia, os poemas reunidos em *Silberne Saiten*. Depois, na guerra interior que todos travamos, o prosador venceu o poeta. Ele morreu enforcado nessas *Cordas de prata*, título do livro em português. Ressuscitou algumas vezes, como acontece com esses mortos, para morrer de novo, sem que se saiba qual a última vez que morrerá.

Os críticos dirão que minhas prosas, sejam romances ou biografias, exalam perfumes poéticos, destilam humores e engenhosas figuras de linguagem, muito semelhantes àquelas encontráveis em poemas.

Pois foi assim que, desde as épocas mais antigas, os vates fizeram suas grandes narrativas: em versos. O verso mostra o outro lado, a ida e a vinda. A mesma palavra designou os paus e gravetos das primeiras fogueiras, uns para lá, outros para cá. Indicou o movimento do remo no primeiro barco e o rego do arado da primeira lavoura, levantando a leiva, mostrando o por debaixo. E também a fileira de pedras ou tijolos das primeiras casas. E, por fim, chegou aos epitáfios, antes de vir para os livros.

Foi isso, aliás, que inspirou aquele escravo antigo que, observando a construção de um muro, escreveu o verso que o libertaria, atendendo ao requisito de seu patrão para dar-lhe a liberdade: escrever uma sentença que pudesse ser lida de trás para a frente, de frente para trás. Quando ele fez a frase e foi comunicar ao patrão que tinha atendido à exigência e agora podia ser livre, seu senhor conclamou-o: "Então, diga logo o seu verso". E ele respondeu, podendo ser rebelde pela primeira vez: "Quem decide não é mais o meu senhor. Só vou dizer a oração que me dará a liberdade quando eu quiser. Estou começando a exercer o dom supremo. Agora, quem decide sou eu!". E foi ao bordel celebrar a descoberta.

O escravo-poeta, à beira de obter a liberdade, não contava, porém, com os perigos de última hora: os recursos e as astúcias da riqueza. Não é à toa que os ricos são ricos. O dono do poeta-escravo subornou a prostituta, que deu um porre no cliente e dele obteve o verso inédito, escrito depois em todos os muros de Pompeia. E lá se foram as pompas e as circunstâncias das festas da liberdade. Ao acordar, sozinho na cama, depois da noite de amores inconfessos, o poeta leu nos muros o seu verso e compreendeu que continuaria escravo. Sua vaidade matara a liberdade, bem supremo do qual ele tanto precisava. E ele decidiu suicidar-se.

É o que eu também vou fazer hoje. O suicídio é uma ordem que se cumpre e que não foi dada por ninguém. Você a dá a si mesmo. Muitas vezes os viventes, tornando-se videntes, recebem de si mesmos a ordem de morrer, vinda lá das profundezas do inconsciente ou das platitudes do consciente e de suas rasas argumentações. Mas a maioria não a cumpre. Prefere desafiar a quem lhes ordenou partir desta para melhor, que, para os suicidas, é a pior, segundo proclamam todas as religiões, inclusive a minha, que certamente vai me negar o túmulo entre os meus.

Mas o que são ordens e o que é a ordem? Não passa de uma fileira, de um alinhamento, uma disposição, um arranjo para entender o mundo e nele viver com um pouco de tranquilidade, longe da desordem que nos entristece.

De poeta me transformei em dramaturgo. Em Viena, minhas peças foram muito bem recebidas por crítica e público. Era o ano de 1912, e eu estava com 31 anos! Fazia dez anos que eu estreara como poeta.

Não sei se foram os versos ou as peças que me aproximaram de Frida, minha primeira mulher. Mas, como ela era escritora, talvez tenha sido a literatura que forneceu as primeiras pontes entre mim e ela.

O outro é sempre uma ilha, embora proclamem que ninguém é uma ilha. É, sim. Todos são ilhas no vasto oceano da existência. Precisamos de barcos, de pontes, de laços, de todos os recursos que nos levem ao encontro do outro, do qual de repente sentimos necessidade de nos afastar de novo, pois ilha é a nossa condição. E por isso navegamos, às vezes a derivas nem sempre perceptíveis. Nos mares e na vida. Para encontrar a quem procuramos, para achar o perdido, mas onde o perdemos? Nós amamos o perdido, mais do que o encontrado!

Nosso casamento tinha tudo para dar certo. Salzburgo, onde fomos morar, era o nosso oásis. Foi a fase mais feliz da minha vida. E, ainda que eu fosse feliz, escrevi muito. Ou então eu não era feliz com a Frida?

Ah, os sinais de vida, quão ilegíveis às vezes! Foi quando deixei a poesia de lado e contei a meus leitores, cada vez em maior número a cada novo livro, porque todos adoram saber da vida alheia, como tinha sido a vida de Thomas Mann, Sigmund Freud, Dostoiévski, Dickens, Balzac, Nietzsche, Tolstói, Stendhal. Este último foi outro para si mesmo, pois escreveu sempre sob pseudônimo, jamais assumindo o nome que lhe deram.

E depois, sempre na ânsia de satisfazer a ânsia dos leitores, fiz também as biografias de Maria Antonieta, Fouché, Rilke e Romain Rolland.

Que me trouxe o casamento? Romance com Frida? Acho que não houve nenhum ou houve fragmentos de romances, pois romance é sempre uma história de amor, e a nossa era meio esquisita, para dizer o mínimo. Não havia ordem alguma nela ou havia ordem excessiva, o que dá no mesmo. Mas foi já casado e já maduro que escrevi meus romances referenciais: *Amok*, *Medo* e *Confusão de sentimentos*, todos de alguma forma devedores do que aprendi com Freud, ainda que a literatura e o teatro tenham chegado ao inconsciente antes dele. Minha angústia chegou ao mundo 11 anos antes da de Graciliano Ramos, que chamou a sua de *Angústia*, mas eu chamei a minha de *Medo*. Será que ele me leu? Não apenas as duas palavras são muito parecidas no significado e no sentido, medo e angústia, que são sinônimos em alemão, mas também as duas narrativas têm pontos comuns. O futuro do pretérito domina ambas. E eu na verdade fui profeta de mim mesmo nesse livro! E talvez em muitos outros.

Tudo ia bem até quando, segundo muitos vizinhos, caí na besteira de falar mal do que e de quem não devia. Meu pequeno romance *Ardor secreto* já estava no cinema quando despertei a fúria dos nazistas. Não que seus maiorais não lessem meus livros ou não assistissem às minhas peças. Iam ao teatro e liam meus livros, mas não os compreendiam ou achavam que, muito superiores, aqueles eram apenas lamentos que não mexiam com eles. Quando, porém, *Ardor secreto* chegou às telas, as perseguições começaram de todos os lados, por todos os meios. Na verdade, já tivera um problema quando Richard Strauss me convidou para fazer o libreto de sua ópera *A mulher silenciosa*.

Foi então que tive de partir e fui viver na Inglaterra. Lá contratei uma secretária. Casei-me com ela. Parti de Londres para o mundo. Acabei morando em Nova York, meu penúltimo porto antes de me fixar no *Brasil, país do futuro*. Do futuro dos outros. Não, meu, bem entendido.

Faz pouco mais de um ano que moro no Brasil! A secretária com quem casei é a mulher que está dormindo ali no quarto. Seu nome é Lotte. Charlotte. Charlotte Elizabeth Zweig. O pai é Altman. Agora ela é Zweig. Como toda mulher casada, traz o nome do marido na ponta, o mesmo nome que foi de meu pai. Sabem qual era o de minha mãe? Ninguém se importa!

Quem quiser me entender, se a alguém interessar, leia com atenção *Medo, Vinte e quatro horas na vida de uma mulher* e a biografia que fiz de Fernando de Magalhães. Como bem disse o outro Fernando, o Pessoa, os nativos da Terra do Fogo não sabiam que, quando Magalhães completou a primeira viagem à volta da Terra, era o cadáver dele que estava no leme. E como nenhum corpo, vivo ou cadáver, guia barco nenhum, era a alma dele que trouxera aqueles marinheiros até ali.

Quem quiser aprofundar-se um pouco mais, deve ler *O mundo que eu vi*, minha autobiografia. Vão entender por que vou morrer do modo que escolhi, que na verdade me está sendo imposto, mas isso ainda é um mistério que daqui a pouco será decifrado.

Quantos viveram uma guerra mundial? Eu estou vivendo a segunda! E daqui a pouco viverei com Lotte uma guerra mundial apenas para nós dois, que morreremos juntos. Sobrevivemos à Primeira e à Segunda, mas a Terceira chegará antes para nós dois. Fazer o quê? Tudo acaba! Por que, então, não escolher o fim e o modo de executá-lo?

Ainda desconfio que Lotte pode desistir. Depois que morremos, o que controlamos? Nem sequer o funeral!

PARTE II

VII

NO ANO DA BORBOLETA

"E, quando caso for que eu, impedido/ Por quem das cousas é última linha/ Não for convosco ao prazo instituído,/ Pouca falta vos faz a falta minha:"

Joseph olhou pela janela. Lá fora viu bruma e névoa. Não estava frio em Petrópolis naquela noite. Ao longe vislumbrou quem queria. Os agentes por ele convocados caminhavam alegremente pela rua e em grupo. Nem taciturnos para não despertar suspeitas, nem alvoroçados para não parecerem provocadores. Acendeu a luz, como combinado, quando eles estavam muito próximos da casa e abriu a porta, voltando para o quarto que mandara blindar para que nada ali proferido fosse jamais escutado. Se era normal falar em alemão pelas ruas ou, mais raramente, francês, inglês e espanhol, era preciso ainda mais cuidado quando alguém não queria ser entendido por ninguém. A esse tempo Petrópolis era ainda mais culta do que hoje e ali viviam ou passavam os verões destacadas personalidades.

Um a um eles entraram na casa. O último passou a tranca na porta. Joseph os saudou e ordenou-lhes que se sentassem ao redor da grande mesa. Ele se pôs à cabeceira e abriu os trabalhos.

A ascendência intelectual de Joseph sobre os outros era espantosa. Tomou o livro *Vinte e quatro horas na vida de uma mulher* e disse que ia ler alguns trechos para eles. Antes os admoestou:

— Estamos diante de um inimigo inteligente, astuto, bem relacionado, que tem um prestígio que não pode ser desprezado.

— Aqui na cidade seu prestígio não é tanto assim — disse Frida, disfarçada em sua longa capa e calçada de botas de canos longos, sola grossa de borracha, como se soldado fosse. — É verdade que uns o admiram, mas a maioria nem sabe quem é ele.

Joseph sorriu, deu uma baforada no charuto que acendera enquanto ela fazia sua intervenção e prosseguiu:

— Ninguém sabe quem é ninguém, na verdade. É o *coup de foudre* que tudo ilumina e assim mesmo só por breves instantes. O raio tem muita importância. Na natureza como na vida. No sentido literal como no metafórico. Quando Hitler fala, tudo se ilumina, como disse aquela professora que por ele se apaixonou. Foi ele quem baixou sobre a Alemanha e agora baixa sobre o mundo um raio de clareza. Esses pestilentos judeus, desde a mais remota idade, vivem de espoliar os necessitados e os desesperados emprestando dinheiro a juros extorsivos. O que os judeus produzem, me digam? Nada! Produzem dinheiro que multiplicam como os filhos que geram às dezenas em poucas famílias, parecem ratos, não apenas pelas proles, que são imensas, mas também pela forma destruidora como se apossam da riqueza do mundo, transferindo-a para si mesmos. Notaram que a querem líquida, financeira ou em joias? Sabem por quê? Porque sabem que uma hora ou outra suas falcatruas são descobertas e eles precisam fugir rapidinho.

Levantou-se. Frida continuou conversando com os outros. Ele voltou trazendo pão, leite, manteiga, queijo, presunto, cerveja, tudo acomodado numa grande bandeja que mais parecia um estrado. Na vitrola rodava agora uma cantata de Bach: *Herz und Mund und Tat und Leben* (*Coração e boca e atos e vida*).

— Você nos falava sobre o livro do inseto que esta noite esmagaremos disse Frida —, e que se ocupa do que acontece durante apenas 24 horas na vida de uma mulher.

Helmut disse rindo:

— Esqueça um pouco isso, Frida! O que interessa que dura apenas 24 horas na vida de alguém, ainda mais de uma mulher?

— Você está esquecendo a lição do raio — disse Joseph.

— Sinceramente — disse Gustav —, se vocês estivessem calados enquanto Joseph preparava os sanduíches, eu teria ao menos degustado a cantata.

— Bach fez umas 200 cantatas quando morou em Leipzig — tornou Joseph. — Esta, ele fez em 1723. Foi para ser executada a primeira vez na festa da *Visitação da Virgem Maria a Isabel*.

— Virgem Maria! Pois sim!

— Você pode achar, conhecendo como conhece a Frida, que virgindade não tem importância, Helmut — disse Gustav —, mas uma das astúcias dos cristãos consiste em saber dar nome ao que nos impõem. Quando Joseph me mandou ler *sobre a virgindade,* de Santo Ambrósio, o que é que eu te perguntei, Joseph?

— Eu me esqueço de poucas coisas na vida e as que te envolvem eu não esqueço nunca — disse Joseph. — Eu te disse que Santo Ambrósio, um homem do século IV, nasceu na cidade de Trier, que hoje é alemã, e que você, sabendo português, poderia ler a tradução brasileira que a Editora Vozes lançou. E que você deveria ler tudo o que escrevera um santo que foi conselheiro de três imperadores, lutou para assegurar a independência da Igreja diante do poder civil e ainda excomungou Teodósio I pelo massacre de civis.

— Gustav, desse aí o Joseph mandou que eu lesse todos os hinos que ele compôs. E me recomendou: "Helmut!" — Helmut arremeda a voz forte e rouca de Joseph — "Precisamos descobrir o que esse santo tinha na cabeça para encantar tanto as pessoas. Dizem que, quando ele fazia seus sermões, abelhas vinham aproveitar o mel que saía de sua boca. Com o desconto de que quem escreveu isso se esqueceu de que abelha não gosta de mel, não gosta do que produz, e que tem, como nós, mel e ferrão".

— Resuma o livro, Helmut — disse Joseph. — O que é que você tirou da virgindade do Ambrósio?

Todos riram da ambiguidade. E Helmut não se perturbou:

— Ele disse que quem perde o pudor perde não apenas o senso de justiça, mas também o sentido de muitas outras coisas, perde a justa medida de tudo, pois não soube medir nem mesmo o próprio corpo. Mas o que mais me marcou foi uma historinha. Posso contá-la?

— Pode, claro — disse Frida.

— Pode, sim — acrescentou Joseph —, mas, Frida querida, não se esqueça de que quem dá as grandes ordens dá também as pequenas. E aqui quem dá a palavra sou eu.

— Sou virgem de mandar — disse Frida — em geral só obedeço.

Sou mulher.

Todos riram. Joseph disse:

— É por isso que as mulheres mandam desde o começo do mundo. Mandam até sem querer e nem estranham quando os homens lhes obedecem. Tenho certeza de que até o *Führer* faz algumas coisas que mais me parecem, se não ordens, desejos de Eva.

— De qual delas? — perguntou Frida.

—Frida, você sempre brincalhona — disse Joseph. — A Eva com a qual será começada uma nova Sagrada Família.

— Engraçado — disse Helmut —, ninguém fala na virgindade de Eva, a primeira mulher...

— Primeira, não! — a voz de Joseph tornara-se mais grave.

— Você está esqu ecendo que os judeus dizem na Torá que Eva foi a segunda, que antes dela houve Lilith na vida de Adão, e que foi esta primeira mulher que se tornou esposa de Lúcifer durante a rebelião do Paraíso.

Heinrich, até então calado, enfim revelou sua impaciência:

— Joseph, você nos chamou aqui para que relatemos as informações sobre o homem que hoje mataremos antes que ele prossiga com os estragos que faz, não em Petrópolis, que aqui ele é quieto e pouco reconhecido, mas no Brasil e no mundo. E estamos todos aqui falando de literatura, música, episódios bíblicos. Acho que Frida, como Salomé fez com João Batista, às vezes faz a gente perder a cabeça.

—Você está enganado, meu caro Heinrich — disse, paciente, Joseph.

— *Quem se volta para a própria sombra?*, ele pergunta no conto *Leporella*. Não nos esqueçamos de que o mandante e a vítima são ambos austríacos! E que Hitler nem sempre abominou os judeus. Em Viena aprendeu algo importante com Wittgenstein, seu colega de turma na escola.

— Mas eu proponho que a gente inverta a pauta de hoje — disse Frida.

— Depois falamos do que é para nós tão agradável, pois não somos bárbaros: ciências, artes, letras. Agora precisamos planejar direitinho. Por exemplo: está garantido que não haverá autópsia? Se houver autópsia, o plano tem de mudar, porque daí o método de execução tem de ser outro. O corpo vai ser enterrado aqui em Petrópolis ou vai ser levado para o cemitério judeu do Rio de Janeiro? O rabino de que falamos já foi de fato subornado, o delegado também, o intendente, enfim, todos os nossos cúmplices não vão mesmo roer a corda? Nós vamos dar o veneno só para ele e o sonífero para ela, como combinado, para simplesmente, quando acordar, encontrando morto o marido, nada fazer?

— Não sei se é possível — disse Joseph — o plano original. Talvez devêssemos chegar à casa deles com algumas alternativas.

— Santo Ambrósio — disse Helmut — lembra que a virgem Pelágia, com apenas 15 anos, recebeu o pelotão encarregado de levá-la para a suruba do imperador e pediu para apenas trocar de roupa antes. Enquanto isso os soldados ficaram molestando as duas irmãs dela, Prosdoce e Berenice, mais velhas. A casa ficava no alto de um penhasco, pois o pai delas queria protegê-las dos bárbaros que volta e meia passavam por aquela região e estupravam mulheres e virgens. Pelágia subiu lá, despiu-se e atirou-se no abismo. O relato que os soldados fizeram foi outro, mas ninguém enganava um imperador romano. Ele mandou executar todo o pelotão. Não por luxúria, mas por incompetência.

— Está insinuando alguma astúcia naquela babaca doente e feia que mora com ele? — perguntou Gustav. — Eles não comem carne de porco, mas eu sou mais radical ainda: não como nenhuma porca judia.

— O melhor é preservar a mulher dele, se possível — disse Joseph. — Mas Frida tem razão. Vamos primeiramente revisar o plano original. Estamos no Brasil, e as leis brasileiras exigem que em caso de suicídio seja feita a autópsia e seja aberto o competente inquérito. Temos de evitar autópsia e inquérito. Um rigoroso inquérito nos implicará a todos. Os governantes brasileiros podem até parecer bobos, mas observemos os resultados: até agora Getúlio Vargas está enganando os dois lados em conflito e tirando vantagens de um e outro. Se conveniente para ele e seu governo, ele cumpre a lei. Senão, ele a descumpre. Nos dois casos tem o povo a seu lado. O que vamos fazer é muito perigoso!

A vitrola já tinha rodado mais quatro cantatas: *Jauchzet Gott in allen Landen* (*Seja Deus louvado em todos os países*), *Ich habe Genug* (*Eu tenho o suficiente*), *Jesu, der du meine Seele* (*Jesus, minha alma é tua*) e *Gottes Zeit ist die allerbeste Zeit* (*O tempo de Deus é o melhor tempo*).

VIII

O DESCONFIADO JEREMIAS

"Os gostos, que tantas dores/ Fizeram já valer menos,/ Não os aceita pequenos,/ Quem nunca teve maiores."

O delegado Martins interroga o escrivão encarregado do relato.
— O que vocês viram na casa dele?
— Olha, doutor, ao lado das camas, no criado-mudo, havia um tubo de Adalina. Eu sei que escreveram Veronal para o inquérito, mas era Adalina. Eu sei ler e escrever. Veronal, só se botaram lá depois. O que vi era Adalina. E Adalina, o médico disse que é um remedinho de dormir, que ele não se matou com isso, não. Que tomando tudo não mata nem uma pessoa, imagina duas.
— Você disse "ao lado das camas"? Que é isso, homem, ele dormia em duas camas?
— Doutor, ele numa cama, ela na outra.
— E as duas no mesmo quarto? Jeremias, me diga, você é casado?
— Sou, sim senhor!
— E desculpe perguntar, mas você dorme com a sua mulher?

— E essa agora? Doutor, claro que durmo com a minha mulher.
— Na mesma cama?
— Doutor! Tô estranhando a pergunta. Durmo com ela, toda noite, na mesma cama. Pois por que nos casamos?
— E esses aí, casados, dormiam separados?
— Um homem tão inteligente devia saber que é mais quentinho dormir com a mulher. Bem, mas isso nem é coisa de se considerar. A gente casa pra dormir junto com a mulher.
— E esses aí dormiam separados?
— Pois é! Mas estavam numa cama só.
— Como assim?
— A escritora chilena disse: ela era mais generosa do que ele. Veio morrer na cama dele. E depois que o cadáver estava frio. Ela se enroscou no corpo dele e ali morreu.
— Estranhou alguma coisa, Jeremias?
— Doutor! Eu não sou autoridade, não sou pago pra dizer o que acho.

Relato o que os outros acham. O que eu acho não conta nada!
— Certo! Mas faz de conta que eu quero saber o que você acha. O que você concluiu do que viu? Todos nós fazemos uma ideia do que vimos. Qual é a sua? Segundo você, o que houve ali?
— Doutor, o senhor já dormiu vestido, com sapatos e meias, de gravata abotoada direitinho no pescoço, cinta afivelada, na cama, com sua mulher, ela de camisola?
— Jeremias! Você está inventando muito!
— Depois o senhor vê as fotografias. Era esse o quadro. Foi isso que vimos. Morte bem arrumadinha! Nunca vi um morto arrumado. E ali estavam dois. Os dois bem arrumadinhos. Coisa de alemão, me disseram que alemão gosta de tudo em ordem. Até na morte. Alemão morre direitinho. Brasileiro se mexe, se bate, vira de bruços, desvira, esperneia. Alemão, não! Alemão morre quieto.
— E essa agora, Jeremias? Quem te disse isso?

— Foi o que falaram lá. Que eles eram civilizados. Morreram quietos. Nenhum deles gritou ou gemeu; podiam incomodar os vizinhos, por isso morreram quietinhos.

— Notou algo mais estranho, Jeremias?

— Um sujeito todo engravatado, não sei quem era, depois o senhor reconhece pelas fotos, atendeu o telefone, eu estava bem pertinho dele, ouvia só "naturalmente, naturalmente, naturalmente". Acho que concordava, pois só dizia "naturalmente". Naturalmente é pra concordar. E concluiu assim: "Sim, senhor, em nenhum deles; está bem, em nenhum dos dois".

— Você não é nada bobo, hein, Jeremias! Observa bem as coisas! E depois desses "naturalmente", naturalmente ele falou com mais alguém.

— Uma pessoa como aquela, quando diz "naturalmente", está concordando com o serviço e daí chama a gente pra fazer a tarefa porque o dever dele é mandar. Chamou um outro engravatado e disse "nada de autópsias, ordens do palácio, falei agora com o ministro, ele disse que está proibida a autópsia".

— Jeremias, diga mais uma coisa...

— Quantas o senhor quiser, doutor, estou aqui para servi-lo.

— Havia alguma coisa mais estranha que você tenha notado?

— Ele estava em paz, quieto. Aliás, parecido com o conterrâneo dele, de bigodinho também.

— Hitler?

— Esse mesmo. Achei ele parecido com quem o perseguia. Mas, doutor, a vida não é assim? Um dia é da caça, outro do caçador. Daqui a pouco morre o outro. E vou dar uma de profeta. Haverá pra ele também uma mulher por perto.

— Fale da mulher, ou melhor, do corpo da mulher.

— Pois, ao contrário do marido, estava infeliz, boca aberta, dedos crispados, pode ser que tenha sofrido muito pra morrer. Nele não havia sangue, mas nela havia.

— Essa agora, Jeremias? Sangue?

— Sangue. Não muito, mas havia.

— Onde?

— No meio das pernas, nas coxas. E como dobrou uma delas, havia sangue na perna propriamente dita também. O inspetor disse que era pra eu ignorar isso, não relatar a ninguém. Que podia ser sangue de mulher "naqueles dias", o senhor sabe como é.

— Sei. Menstruação.

— Isso. Como se eu não soubesse diferenciar sangue de menstruação de sangue de morte. O doutor pode ter a língua solta. Eu, não! Ainda mais na casa, não de um, mas de dois suicidas.

— Suicídio. Muda pouco, mas muda, Jeremias. Temos de encontrar os culpados, pois suicídio também é crime. E onde há crime, há criminoso. Ali houve dois crimes. Então o criminoso pode ser mais do que um.

— Se foi crime, foi um crime perfeito, doutor. E o criminoso, um ou mais, nunca serão encontrados.

— Não existe crime perfeito, Jeremias. O que existe é crime mal investigado. Ouviu mais alguma coisa, Jeremias?

— O professor de um colégio disse pra mulher: "Que estranho! O texto de despedida está escrito todo em alemão, mas o título está em português: 'Declaração'. Ele não escreveria tudo em alemão e daria o título em português!".

— Jeremias, pra você o que houve?

— Mais ou menos o seguinte. Um alemão desses bem parrudos encontra o escritor saindo de casa, bem-vestido, de sapatos e tal — parece que ele dava esses passeios sempre no meio da manhã, enquanto a mulher dormia, pra ir fumar um charuto e tomar um café num bar e charutaria ali pertinho —, pega o pobre homem pelo pescoço, manda-o sentar-se e ordena: "Faça aí uma declaração". Ele está apavorado, o terror lhe sobe à cabeça, e escreve "declaração". Quando descobre que não é declaração, é despedida, já depois de instruído e conformado com o que lhe determinaram, começa a escrever, mas antes explica que não sabe escrever em português e que escreverá em alemão. Nesse momento, o parrudo chama o magrinho e diz: "Fritz, vem ver se o que ele escreveu está bom assim". O magrinho pega os óculos — magrinho sempre usa óculos e sabe o que os parrudos, principalmente os parrudos sem óculos, não sabem — e lê em português para o parrudo o que o pré-defunto escreveu em alemão.

— "Fritz, magrinho", o que é isso, Jeremias?

— Doutor, são modos de dizer. Fritz eu inventei, mas o magrinho, não. Todo magrinho que trabalha pra polícia ou para os paralelos faz trabalho intelectual. Os parrudos fazem o serviço, mas sem os magrinhos eles deixam muitas pistas. E ali era caso de esconder todas.

— Jeremias, você de burro não tem nada.

— Modéstia à parte, doutor, venho aprendendo com o senhor a cada dia que passa.

— E o que mais?

— Pra mim, foi também o magrinho que ditou as cartas e mandou selar, organizando tudo pra que parecesse suicídio. Organizou até as despedidas. Esqueci de dizer que o magrinho deve ser alemão também. Mas, no meio da confusão, morte é sempre confusão para todo mundo, deixou escapar algumas coisas, mesmo cuidando de tudo.

— O que, por exemplo?

— Em nenhuma carta ele fala de pacto de morte com a esposa. Eu acho que ela atrapalhou e foi executada. Mas não era esse o plano. E digo mais: ela foi morta depois de tudo arrumado. Eles fizeram de um jeito que ela só perceberia ao acordar. E seria testemunha de tudo, pois se até cartas de despedida estavam ali. O marido sempre esconde algo da mulher, e nesse caso ele teria escondido as cartas que já escrevera, teria escondido a data do suicídio, teria escondido tudo, como escondeu a namorada que tinha no correio, da qual ela só foi desconfiar muito tempo depois, quando a morenaça a encontrou na rua e perguntou se era mesmo ela a mulher do escritor. A mulata só queria confirmar se ela era branquela e feinha como todos diziam, embora tivesse os cabelos pretos.

— E o que mais, Jeremias? Confesso que estou aprendendo muito contigo sobre aquelas mortes.
— Ora, ora, doutor! Quem aprende alguma coisa comigo? Eu é que aprendo com os outros! Mas, já que o senhor está interessado, o mesmo professor disse que na declaração só se fala da morte dele, sem nenhuma referência à morte dela, pacto sinistro, essas coisas, nada. Ali foi morte matada. Aliás, mortes matadas, pois foram duas. Se não foram mais, hein, doutor. Pois bem podiam sumir com algum corpo.
— E os papéis recolhidos do lixo, aonde foram parar, Jeremias?
— O professor foi direto ao lixo, revirou lá, encontrou papéis que não tinham sido jogados ali antes de ele morrer, não. Disseram que a empregada encontrou os papéis caídos atrás da cama, como que escondidos, e os pôs no lixo.
— E o que estava escrito nesses papéis?
— Foi só o professor que os leu. O delegado levou tudo. Mas o professor disse que, se reencontrados, aqueles papéis iam mudar toda a investigação.
— Eram bilhetes de suicidas?
— Não, não e não! Eram acusações.
— Contra quem?
— Pois aí é que a porca torce o rabo. Só o professor sabe.
— Você sabe onde mora esse professor, Jeremias?
— Sei. Não sei o nome dele, mas sei onde ele mora.
— Providencie a patrulha. Vamos buscar esse professor!

IX

A NOITE DAS BRUMAS

"Jazia-se o minotauro/ Preso num labirinto/ Mas eu mais preso me sinto".

Joseph reúne seu grupo. Frida chegou atrasada. Hoje está de vestido, o que causa certo desconforto em Joseph e nos outros. Vestida de homem, as formas se diluem um pouco, a calça não é apertada, a blusa é larga, o boné esconde os cabelos, e ela raramente usa batom.

Mas hoje está dentro de um vestido estampado que, embora largo e solto, revela as suas benemerências. O sutiã parece pequeno para esconder tanto seio, e, quando ela se senta, os panos, dispostos em abas, revelam alguns indicadores de sua beleza.

Frida não tem barriga, a cintura é fina, e os pés são pequenos, o que não se pode perceber quando ela está de botas. Hoje está de salto alto. São saltos quadrados, pequenos, mas altos.

— Frida — diz Joseph —, qual foi o motivo do atraso? Você sabe que na operação qualquer demora pode ser fatal.

Gustav e Helmut não gostam da represão a Frida, mas engolem seco, o chefe é o outro. Frida se explica:

— Tive um bom motivo. Aqui dentro vemos umas coisas, lá fora são vistas outras. O mundo não para de girar só porque entramos nesta casa. Quando eu me aproximava, vi que um sujeito alto, todo de preto, de chapéu pequeno, caminhava na quadra, parecendo procurar alguma coisa, identificar alguma casa. Disfarcei e passei na padaria para fazer um pouco de hora. Havia pouca gente, peguei estes sonhos e retomei o caminho. Perdi alguns minutos, é verdade, mas fui atrás de uma desconfiança.

Um a um, todos começam a mastigar pequenos pedaços do que ela trouxe. Frida, para desanuviar o ambiente, por força da admoestação de Gustav, faz uma brincadeira:

— Esses sonhos poderiam estar envenenados. Por que ninguém pensa em traição antes de ela acontecer?

Helmut para de mastigar, vai cuspir fora o que está na boca, mas Gustav e Joseph continuam comendo com gosto, e ele volta a mastigar também.

— Frida — ordena Joseph —, deixe de brincadeira e diga o que você acha do sujeito de chapéu ao redor da quadra.

Frida pega um dos sonhos e começa a comer também. Tem uns dentes grandes, a boca é de lábios grossos, rosados como os de uma adolescente; ela tem pouco mais de 30 anos, é uma mulher bonita, e naturalmente isso não escapa à observação dos demais.

Helmut agora mastiga outro pedaço de sonho com mais vontade. Pequenos cristais de açúcar vão ficando nas faces de Frida, e ela agora mais parece uma criança que se lambuza com o doce preferido. Faz um gesto com a mão, não quer falar de boca cheia e, depois de alguns momentos, diz:

— Não despreze o Serviço Secreto de Vargas. O governo brasileiro não tem unidade nenhuma. Tem chefes de polícia que só batem nos suspeitos e vão acumulando erros de investigação. Mas há aqueles que, como nós, sabem fazer escondido, sem despertar desconfiança nenhuma.

— Sim — diz Joseph —, mas o sujeito de chapéu que você viu há pouco está em qual dos casos? Parece que em nenhum dos dois, não? Não é dos que batem, mas anda bisbilhotando de um modo que você percebeu.

— É — diz Frida —, mas quem percebeu ou desconfiou fui apenas eu, que também ando desconfiada. A maioria das pessoas que o vê naquela situação acha que ele procura um endereço. Quem está investigando a gente não dá o mínimo sinal de que esteja fazendo isso.

— Você acha que andam investigando a gente, Frida? — pergunta Joseph.

— Isso muda tudo, temos de apressar o plano. Eu concordo com você que pode ser que estejam atentos à nossa presença aqui na serra, embora haja muita gente parecida conosco na cidade. O ponto fraco é que temos de confiar em quem nos hospeda. Alguém de vocês tem mais alguma suspeita?

Helmut toma a palavra:

— Na casa em que estou, o dono não diz nada, não disse nada durante todos estes dias, a mulher também é lacônica. Nas refeições que faço com eles o assunto é sempre outro, e nós falamos em alemão. A empregada sabe que é normal que se fale português apenas com ela. Mas hoje ele me perguntou se ainda vai demorar muito.

— E quanto a você, Gustav, algo a dizer sobre seus anfitriões? — pergunta Joseph.

— Chefe — diz Gustav usando o tratamento preferido para dirigir-se a Joseph —, parece que pela primeira vez na vida os alemães resolveram se unir, tanto os que moram na pátria como aqueles que habitam a pátria futura, que, como sabemos, será o mundo inteiro. É apenas uma questão de tempo. O Quarto Reich é uma questão de tempo. Digo mais: se não sair desta vez, sairá na próxima. Se não na próxima, na outra. O Quarto Reich é um sonho eterno.

— O meu já acabou — diz Helmut, o mais jovem de todos, que ainda não perdeu a noção de humor. — Dá mais, Frida, vai!

— Chefe — diz Frida —, para o Quarto Reich triunfar será indispensável que indivíduos como o Helmut aprendam a tratar melhor a mulher. É a coisa pela qual mais espero no Reich: um novo lugar para a mulher.

— Ordem no galinheiro — grita exasperado Gustav, sem que se saiba bem por quê. Mas Frida depois explicará: ele foi denunciado por bater na própria mulher, mãe de seus sete filhos, e só escapou porque um maioral da Gestapo batia na dele também.

— O Reich não pode cuidar de tudo ao mesmo tempo. Tivemos diversos avanços na questão feminina, como em todas as outras, mas é preciso ter paciência — diz Joseph, calmo, conciso, até com um ar meio divertido. — Eu, por exemplo, gostaria de impor a pena de morte a quem chuta animais domésticos, quase sempre indefesos, precisando do carinho dos donos e da comida que lhes dão. A mulher ainda pode defender-se do marido violento, mas e os pobres bichinhos?

— Rato é animal doméstico? — pergunta Helmut.

— O Helmut, apesar da ironia, sempre faz perguntas muito interessantes — diz Joseph. — Eu quis dizer animais de estimação. Os ratos são como os judeus: devem ser exterminados, não servem para nada, a não ser para prejudicar e destruir os outros, destruir o que é bom. Mas deixemos o que está resolvido e vamos ao por-fazer. "Da obra ousada, é minha a parte feita:/ O por-fazer é só com Deus", como diz o poeta que pensávamos ser brasileiro, em Berlim, e que só depois soubemos ser português.

— O homem de chapéu pequeno que eu vi — diz Frida — talvez seja alguém do DIP procurando a casa de um jornalista. Na verdade nem é jornalista. É caricaturista.

— E o que é um caricaturista? — pergunta Helmut. — Mas que palavrinha difícil de dizer.

— Caricaturista é quem faz caricatura — diz Frida.

— Fiquei na mesma — diz Helmut.

— *Karikatur, Karikaturist, Zerrbild* — diz quase gritando Gustav. — Imagem distorcida de alguém, com o fim de debochar da pessoa. Os mais simples realçam um traço do rosto ou do corpo, deixando grandes o nariz, as orelhas, a cabeça, a barriga.

— Dizem por aí que Nair de Teffé, filha do Barão de Teffé e neta do Conde VonHoonholtz não desenha mais, isto é, não assina suas caricaturashá muito tempo, mas tem alugado a pena para alguns jovens. Depois que enviuvou de um presidente da República, parou de fazer esses desenhos.

— Lembro-me dela — diz Gustav. — Foi um tópico superficial de um dos cursos curtos que fizemos antes de vir para Petrópolis para cumprir nossa missão. Não lembram dela? Casou-se aos 27 anos com o presidente Hermes da Fonseca, viúvo há apenas um ano. Guirand de Scevola fez um retrato dela no solar de seu pai, em Petrópolis. A figurinha ilustravaa informação.

— O que não esqueci foi outra coisa — diz Frida. — O primeiro casamento desse presidente foi com uma prima-irmã, e os cinco filhos do casal não foram ao segundo casamento do pai. Um deles disse: "Eu não vou porque papai se casou com uma menina mais nova do que a minha irmã". O presidente era 30 anos mais velho do que a namorada. Ou era um grande amor, ou outra coisa.

— Outra coisa — diz Joseph. — Amor assim só nos livros, como sabemos, mas e o sujeito de chapéu, Frida? — pergunta, como sempre aparentando calma, Joseph. — Então podia estar procurando a casa de alguém que faz caricaturas?

— Acho que sim — diz Frida. — Eu presto atenção a minhas intuições. Sei quando alguém é perigoso ou eficiente. Talvez esse homem seja apenas perigoso para si mesmo. O governo Getúlio Vargas tem muita gente competente, mas tem também néscios em postos de relevo. Não sei se sabem, mas no Brasil as coisas são assim: o sujeito, só para se exibir, diz ao vizinho,à mulher ou ao engraxate que é do Serviço Secreto. É por isso que tantos segredos são rompidos. O brasileiro é muito vaidoso. Depois de tantos séculos de escravidão, quer mostrar que é alguém, vangloriando-se diante de quem não é ninguém, ou de quem ele acha que não é ninguém.

— E pensa ele que também é alguém, no que pode se enganar, claro. Mas vamos esquecer o homem de chapéu — diz, por fim, Joseph. Temos mais em que pensar e com quem nos preocupar. Vamos retomar os trabalhos.

— Hoje será sem música, chefe? — pergunta Helmut.

— De jeito nenhum. Roda este aqui, Frida — diz Joseph, entregando-lhe a Sinfonia no 9, de Beethoven. — Aqui temos boa música para mais de uma hora. Um dia o mundo inteiro vai saber quem foi Beethoven e que alguém assim só podia ser alemão. Vai saber e vai ouvir!

O grupo conversou bastante e, depois, dispersou-se. Um a um saíram todos para almoçar ou comer alguma coisa em algum botequim. Cada um recebeu de Joseph a sua tarefa.

E quando cada qual cumpriu a sua, um a um, como galinhas que se recolhem ao galinheiro ao anoitecer, voltaram para a casa que tinham alugado.

Não mais que de repente anoiteceu. A bruma cobria toda a serra, cobria o rio próximo, cobria as ruas, cobria a casa, cobria a vizinhança. Os últimos automóveis tinham passado, vindos do Rio, dirigidos por apaixonados que vinham ver suas amadas. Petrópolis era a única cidade do mundo em que belas moças comemoravam bodas de amante e vangloriavam-se umas às outras, às irmãs e até às mães: "Namoro fulano há 25 anos. Hoje vamos comemorar em segredo nossas bodas de prata". O segredo era só entre eles dois, o resto da cidade sabia. E muita gente no Rio também sabia. E o amor da vitoriosa era um homem casado, provedor da boa vida que levava, sem necessidade de fazer outra coisa que não fosse cuidar de si mesma.

No meio da noite, viam-se apenas as luzes brancas dos faróis dianteiros e as lanternas vermelhas depois que passavam. Nos poucos cinemas da cidade, diligentes porteiros tinham recolhido os cartazes dos filmes e baixavam as grades que protegiam as portas. Restos de sonhos ainda estavam sobre a mesa, parecendo velhos prematuros, quase endurecidos pelo tempo. Na mesa em que o grupo de agentes alemães se reunia estavam algumas garrafas de cerveja meio mornas, exatamente na temperatura que eles gostavam. Frida foi convidada a fazer uns sanduíches no exato momento em que a sirene de um carro de bombeiros anunciava o socorro a alguma casa incendiada.

Os automóveis nas ruas eram poucos, mas o motorista precisou usar também a buzina para que um carro de polícia desse passagem. Vinha com alguns suspeitos de debochar do governo em caricaturas alugadas.

Enquanto o grupo comia os sanduíches, não muito distante dali o delegado perguntava ao desconfiado Jeremias:

— Alguma novidade no fronte, Jeremias?

— *Im Westen nichts Neues* — disse Jeremias, orgulhoso de saber um pouco de alemão.

— O quê?

— Nada de novo no fronte. Não é o esse o título do livro do homem?

— E por que você lê tanto, Jeremias?

— Chefe, em resumo, leio bastante pra ser menos bobo.

— E eu, que não leio nada?

— Chefe, o senhor talvez não precise, pois é o chefe. Mas eu preciso ler!

Se o mundo pra mim já é muito confuso, imagine se não lesse nada!

— Para mim o mundo é simples, Jeremias. Nós contra eles.

— Nós? Nós, quem? O senhor e eu?

— Jeremias! Não estamos em guerra?

— Estamos, claro! Aqui no livro também.

— E qual é a guerra do livro?

— A mesma de sempre. As guerras são todas iguais. Mas na orelha diz que se trata da Primeira Guerra Mundial.

— Jeremias, você não acha injusto? Justamente na nossa vez, duas guerras mundiais!
— Fazer o quê? Precisamos de novas amizades.
— Novas amizades? E para isso guerreamos? Para fazer novas amizades? Jeremias, ou eu sou muito bobo para compreender isso, ou é uma grande bobagem o que você disse.
— Não é uma grande bobagem o que eu disse, chefe, nem fui eu quem disse. Li aqui no livro, não sei se foi neste. Mas guerra requer tratados, acordos e alianças para atacar os inimigos. Então fazemos novas amizades.
— Entendi! E o que conta esse livro?
— Que a gente luta, luta, luta. E no fim não sabe por quê. Arrisca a vida, a própria vida e a dos outros, por pessoas que os soldados jamais conheceram antes da guerra nem vão conhecer depois. E quem ganha a guerra são ministros, generais, a classe alta, isto é, aqueles que mandam os outros para a guerra, eles mesmos não vão. O herói é um alemão que se torna amigo de um polonês. O alemão se chama Paulo. O polonês, Katczinsky. O apelido dele é Kat. Eles ficam tão amigos que até parecem irmãos.
— Eu acho que vi esse filme, Jeremias.
— Pode ser. Quem não lê em geral fica sabendo das coisas pelo cinema. Não é a mesma coisa, mas ajuda. O livro tem milhares de anos. O cinema não tem nem meio século.
— E qual é a diferença?
— Doutor! Eu sou um simples escrivão de polícia. Eu só sei que os velhos sabem mais do que os novos. Mas não sei por quê.
— Ué, talvez por isso mesmo, por serem mais velhos.
— Acho que não! Conheço velhos muito bobos também, às vezes mais bobos do que os bobos novos ou os novos bobos.
— Velhos que leem também são velhos bobos, Jeremias?
— Daí é mais difícil, né, doutor!
Jeremias estava deitado numa cama de campanha, dessas de armar, voltou a ler o romance enquanto o chefe aparava as unhas.

— O que você está lendo, Jeremias? Livro de guerra?

— Agora, não; este não! Leio um livro de Graciliano Ramos. Vivem prendendo o homem, mas como escreve bem! Talvez por isso mesmo. Escreve e corrige. Quando era revisor do jornal, ensinou aos mais parvos que *via de regra* é "buceta".

— Jeremias! — o chefe levantou-se da cadeira. — Jeremias, você jamais diz palavrão!

— Pois é. O Graciliano também não; mas os colegas dele diziam e escreviam sempre esse palavrão. O remédio foi então explicitá-lo para eles se corrigirem.

— E o que ele sugeria para o lugar de "via de regra"?

— E ele por acaso era de sugerir? Graciliano Ramos não sugeriu, ele determinou, dada a sua superioridade intelectual, reconhecida por todos no jornal. Mandou substituir *buceta* por "por norma", "frequentemente", "em geral", sei lá o que mais. Deu-lhes um punhado de opções.

Tão logo as mercadorias foram despejadas nos fundos da delegacia, coube a Jeremias fazer a primeira inspeção e assinar os recibos.

— Quem são esses? — perguntou Jeremias ao motorista do carro da polícia.

— Quem são? Isso é com vocês! O nosso dever consiste em trazer os suspeitos para *vocês* descobrirem quem são.

— Não, não é bem assim, não — disse Jeremias, que também tinha uma autoridade natural sobre os colegas, por alguns acharem que ele era outra coisa, que estava ali para vigiar o delegado.

— Nós não podemos saber quem é cada habitante desta cidade. Esperamos que vocês tragam apenas os suspeitos. Deveriam ser em número bem menor do que esses que vocês trazem todas as noites. Não é possível que entre os habitantes de uma cidade deste tamanhinho haja tantos suspeitos. São suspeitos de quê? De viver sem apanhar? Olha aí como vocês nos entregam os suspeitos de vocês!

E com uma lanterna Jeremias começou a iluminar os rostos dos suspeitos, exasperado, já aos gritos com a dupla que os escoltara no carro da polícia:

— Este aqui está com a cara que é um bife. Este outro aqui perdeu o olho onde? Este outro teve as mãos quebradas. Desse jeito, como os interrogar? A tudo o que perguntarmos, eles dirão o que queremos ouvir. Só precisam descobrir qual é a resposta correta, como num teste. E a resposta correta é sempre a mesma: aquela que os incrimina. Não é que eu seja bonzinho ou humanitário, como agora é moda se dizer, mas se precisarem bater e não se aguentarem, batam no fígado, na barriga, chutem a bunda deles e deixem o interrogatório que a gente faz aqui.

E, por fim, entrega o recibo:

— Pronto. Mercadoria recebida. Podem ir.

— O chefe não quer ver a gente? — pergunta o motorista.

— O chefe está comendo a datilógrafa, aquele pitéu. Quer que eu o interrompa e diga que você quer falar com ele com urgência?

— De jeito nenhum! Até mais ver. E o carro deixa a delegacia.

Nem bem sai, Jeremias passa a chave na porta da cela provisória e vem fazer seu relatório ao chefe:

— Jovens, todos jovens. Agora eles pegam imberbes, batem, estão lá na cela, todos apavorados, acho que são estudantes. Agora eles batem em quem estuda, não são mais só os vagabundos que apanham.

— Não é melhor soltar todos, Jeremias?

— Se o senhor mandar, eu solto; estou aqui para cumprir ordens. Mas se eu soltar, eles serão mortos.

— Mortos por quem?

— Por aqueles que bateram neles, que têm medo de tudo e de todos e mais medo têm daqueles em quem bateram sem saber sequer quem eram.

— Muito prudente, Jeremias. Faz o seguinte: mantém todos presos até amanhecer, único modo de garantirmos a vida e a liberdade deles. E agora chama aquela menina do Núcleo de Apoio

Jurídico da Faculdade de Direito, ela faz o *habeas corpus* para todos eles. Acorda o juiz, que ele solta, mas tem de ser a menina do Jurídico, não pode ser outro acadêmico, o juiz acredita nela porque ela nunca mente, e então faz tudo o que ela pede. Como é mesmo o nome daquela menina, Jeremias?

— Doutor, tenho poucos segredos para o senhor, mas esqueci o nome dela. Só sei que sempre recorremos a ela nesses casos. Mas, pensando bem, de tanto perguntar o nome de todo mundo, até do meu já esqueci.

— Que é isso, Jeremias?

— Isso mesmo que eu disse. Se fosse eu quem determinasse as identidades, não proibia, mas dispensava o nome da pessoa. Se ela quisesse, mas só se fizesse mesmo questão disso, eu deixava que declinasse o próprio nome. Acho mais importantes na vida das pessoas outras coisas, como o que faz, se ouve música, se lê, se chuta animais, de quem é filho, pois raramente a fruta cai longe da árvore.

X

SE AINDA HÁ VIDA AINDA NÃO É FINDA

"Da cintura pra cima estava pelada/ E da cintura pra baixo também/ Aquela que era o meu bem./ Ia sozinha à fonte a senhora/ Ia sozinha e nuinha/ E jamais se soube a hora/ Em que voltou sozinha/ Mas outro com ela vinha." (Mistério! Esses versos não são de Camões. Só o autor deste livro sabe de quem são).

Jeremias aproxima-se da casa do professor a quem o delegado mandou que procurasse e trouxesse à presença dele.

O mestre mora num bairro bem arborizado, tendo as montanhas de guardiãs. Um pouco abaixo da casa corre um regato de águas claras. Passarinhos cantam no quintal. Dois gatos estão sentados sobre uma espécie de mourão que serve de apoio à cancela. Um cachorro quieto apenas levanta as orelhas e abana o rabo à chegada de Jeremias. Na garagem, um fordeco de uns 15 anos de uso, ao lado do qual está uma bicicleta.

Jeremias bate palmas à entrada. Ninguém atende. Resolve abrir a cancela. O cachorro não se importa. Os gatos, menos ainda. Soberanos, parecem indiferentes a essas lides humanas. Gatos não procuram ninguém, eles se bastam, no máximo toleram a presença humana na casa que julgam deles. O professor lhes dá água e comida, às vezes brinca com eles, eis uma boa pessoa para eles.

Jeremias chega à beirada de uma ampla janela que está aberta. Faz calor em Petrópolis, o professor põe os óculos ao lado de uns livros e folheia um dicionário. Jeremias dá bom-dia! Nada ouve em resposta. É quando nota que o professor está com fones de ouvido, certamente com música em alto volume. Pelo jeito, não mora sozinho, calcula Jeremias, que é dado a tirar conclusões de detalhes: uma xícara de café foi posta ao lado do pires, que está servindo de cinzeiro. O lixo não está entupido de papéis; ao contrário, a cesta está quase vazia. A mesa está na mais perfeita ordem; livros arrumados, pastas de diversas cores etiquetadas na lombada estão a um canto de uma das estantes. Jeremias, aproveitando que ainda não foi notado — quando o será? —, vai observando os livros. São quatro estantes de madeira, envidraçadas. Jeremias toma seu bloco e vai anotando.

Momentos depois o professor percebe a presença do intruso. Não esconde a surpresa, mas abre um sorriso:

— Você por aqui, Jeremias? Devo perguntar a quem devo a honra?

— Como é que o senhor sabe o meu nome?

— Jeremias!

— Sei, conversei com o senhor quando recolhiam os corpos do casal. É por isso que estou aqui, mas, como sei que o senhor não mora sozinho, queria convidá-lo a conversar em outro lugar.

— Não moro sozinho?

— Vi pela ordem na biblioteca.

— Viu só a biblioteca.

E o professor o convida a dar uma volta pela casa.

— Quem sabe o senhor, dando uma olhada no quarto, no banheiro, na cozinha, chegue a outros juízos.

Jeremias é atento. Quarto em ordem. Uma cama de casal, mas com dois travesseiros empilhados no meio. Na cabeceira, um rádio que faz jus ao outro nome pelo qual são conhecidos os rádios: caixa de abelha. Nenhuma roupa no chão. No mancebo estão pendurados um pijama e um robe vermelho. No banheiro, um cesto com roupas sujas. Pia em ordem. Escova de dentes, pasta, pente, sabonete, um aparelho de barbear de lâminas cambiáveis, retangulares, um desodorante, um vidro de gumex para arrumar o cabelo e uma loção pós-barba.

— Agora estou em dúvida — diz Jeremias. — O senhor mora com alguém ou mora sozinho e recebe uma diarista algumas vezes por semana? Aliás, na segunda hipótese, ela esteve aqui pela manhã.

— Meu caro Jeremias, nem uma coisa, nem outra, mas compreendo o senhor. De todos os modos, deixemos logo esse mistério e tratemos do outro, aquele que o trouxe aqui. Quando eu era menino, minha mãe disse que eu tinha vocação para ser padre. Com os padres, aprendi a arrumar primeiro a alma, depois o resto. Um cônego que usava meias vermelhas e acreditava que o Anticristo já estava entre nós, no mundo, dizia que, se a alma estivesse arrumada, o resto também estaria. Sempre acreditei em tudo o que ele me ensinou, menos que o coisa-ruim tivesse acabado de chegar ao mundo, pois nisso via nos ensinamentos do cônego uma contradição: o coisa-ruim está entre nós desde o começo. Já estava no Paraíso terrestre, seduzindo e prejudicando para sempre nossos primeiros pais. O coisa-ruim tem vários nomes. Hoje o nome dele é Hitler, mas outros virão, talvez ainda mais disfarçados. O coisa-ruim vem sempre de outro lugar. Hitler veio da Áustria para prejudicar primeiro a Alemanha, depois o mundo inteiro. É sempre assim: a coisa ruim vem de fora, no meio da boa, e como discernir? Mas não preciso de tantas palavras para dizer-lhe que nesta casa mora um ex-seminarista, e a disciplina que lhe marca a vida acabou por enganar até o senhor, um bom observador, como reparei de imediato pelo modo como observava a cena do crime... digo, do duplo suicídio.

— Esclarecido o primeiro mistério, o da casa em ordem, podemos adentrar o outro. O senhor ia dizer crime, na verdade disse, mas mudou para suicídio, como, aliás, fez também a polícia.

— "Deus guarda o corpo e a forma do futuro/ mas sua luz projeta-o, sonho escuro/ E breve" — diz o professor e reconduz Jeremias à biblioteca. — Leia este trechinho aqui, leia em voz alta, apenas para degustarmos.

— "Outros haverão de ter/ O que houvermos de perder./ Outros poderão achar/ O que, no nosso encontrar,/ Foi achado, ou não achado,/ Segundo o destino dado."

Jeremias gostou de recitar. Mas observou:

— Gosto mais de prosa, acho que a poesia é cheia de coisas que não compreendo, muito profundas para meu pobre entendimento.

— Faça como faz com os assassinatos. Tente entender por que, como, onde e quando as coisas aconteceram. Aplique-se à poesia com a mesma energia que dedica a desvendar crimes e prender culpados.

— Professor, eu entendo pouco de poesia, de livros, o meu universo é outro, mas os livros estão aí nas estantes, preservados, o senhor cuida muito bem deles. O livro vive mais depois que o escritor morre. Com os cadáveres se dá o contrário.

— É verdade, ainda não se enterram livros, embora haja quem queime não apenas os livros, mas também os autores. Estão incinerando muita gente no fronte, mas poucos ainda sabem disso.

— Professor, neste país somos obrigados a fazer autópsia de indigentes, de miseráveis que morrem abandonados pelas ruas, mais desamparados que vira-latas e gatos que morrem atropelados, sem ninguém que os proteja, e aquele casal foi enterrado rapidinho. E não era um corpo. Eram dois.

— Deles se pode dizer que "Dançam, nem sabem que a alma ousada/ Do morto ainda comanda a armada,/ Pulso sem corpo ao leme a guiar/As naus no resto do fim do espaço:/ Que até ausente soube cercar/ A terra inteira com seu abraço.// Violou a Terra. Mas eles não/ O sabem, e dançam na solidão;/ E sombras disformes e descompostas,/ Indo perder-se nos horizontes,/ Galgam do vale pelas encostas/ Dos mudos montes."

— Professor, como é o nome do poeta que o deixa tão entusiasmado?

— Fernando Pessoa. Mas vamos a assuntos mais urgentes. Eu acho, Jeremias, que, se você quiser entender bem uma narrativa, ainda mais a narrativa de uma tragédia, deve começar pelo óbvio, pelo começo. Por exemplo: quando a pessoa não sabe como começar, começa dizendo "era uma vez", como nos contos de fadas, ou "naquele tempo disse Jesus a seus discípulos...". Que tempo? Aqui, não. Aqui temos ano, mês, dia, hora. E apenas um dos supostos suicidas escreveu uma carta de despedida. Da mulher não temos nem uma linha sequer. E na carta dele temos de levar em conta que era escritor, romancista, *Dichter*, como se diz na língua deles. Na verdade, um *Schrifsteller*. Tenha o nome que tiver, alguém que sabia escrever, que sabia começar um texto complexo, como o de um romance, quanto mais o de uma carta. E na carta que dele recolheram, ele começa em alemão e continua em português. Se fez de propósito, quis dar um significado. Se isso foi produzido por outras circunstâncias, é pior ainda.

— Depois conversamos sobre isso. E os papeizinhos que o senhor recolheu no cesto ou lá pela casa, o que encontrou neles?

— Você, hein, Jeremias! Não perde nada do que olha!

— É minha obrigação, professor!

— Olha, eu vi um dos secretas recolhendo papeluchos e de relance observei que, curioso, ele examinou alguns ali mesmo, diante de quem quisesse ver, e eu vi algumas coisinhas.

— Quais, professor? Que coisinhas?

— *Berchtesgaden*. Essa palavra arrancou dele a seguinte irritação: Curinga!

— Curinga?

— É. Ele disse: "Curinga, a mesma palavra dos outros. Eles usam essa expressão como curinga; o que eles querem dizer é Hitler, Goebbels, Goering, conforme o caso".
— E no papel que o senhor guardou?
— Num está escrito: *seppuku*.
— *Seppuku*? Não é haraquiri?
— Não. *Seppuku*. O autor era chique. Haraquiri é abrir a barriga, coisa vulgar. *Seppuku* é nome culto, invoca o lado ritual do suicídio.
— De todos os modos, o sujeito queria morrer, morria por sua livre e espontânea vontade.
— Não, Jeremias, aí é que está a diferença. Ele podia receber ordens de suicidar-se, o que pode ter acontecido na melhor das hipóteses com os Zweig. Na verdade, acho que foi bem pior do que isso.
— Conte mais, professor. Quero e preciso saber tudo.
— Antes vou fazer um café para nós. E depois vou te mostrar minha caixinha de surpresas: uma caixa de sapatos com papéis rasgados que trouxe de lá. Porém — e o professor estacou no meio do corredor que dava para a cozinha —, antes me deixe ler mais um trechinho do que estava lendo. Você tem boa voz, Jeremias, por que não lê poemas no rádio? Leia este para nós antes de eu fazer nosso café.

Jeremias toma o livro e lê com gosto: "Se ainda há vida ainda não é finda./ O frio morto em cinzas a ocultou:/ A mão do vento pode erguê-la ainda.// Dá o sopro, a aragem—ou desgraça ou ânsia—/Com que a chama do esforço se remoça,/ E outra vez conquistemos a Distância —/ Do mar ou outra, mas que seja nossa!".

— Vamos ao café — disse o professor. — Primeiro o café, depois os bilhetinhos. Tudo em ordem. Por isso, primeiro Fernando Pessoa. Se a mão do vento pode erguer tanta coisa, por que as nossas não podem recolher um pouquinho do que o vento levanta e impedir que ele leve tudo?

— Mas está ventando?
— Está. Vem aí um temporal!
— O senhor é chegado a alguma metáfora?
— A todas. Todas as figuras de linguagem são importantes, a metáfora é indispensável. O mundo só pode ser entendido por meio de comparações.
— Como assim?
O professor estendeu os braços apontando ao longe:
— Está vendo aquelas casinhas lá? Dentro delas vive gente pobre que tem um padrão de vida superior ao dos nobres dos séculos que nos precederam. E foram as repúblicas que melhoraram a vida deles? Não! Foi quem inventou o banheiro dentro de casa para eles não pegarem resfriados, gripes e outras doenças vindas da friagem no meio da noite.
— E o urinol?
— Quem inventou o urinol evitou que fossem à casinha fora de casa. E quem inventou a casinha impediu que fossem ao mato fazer as suas necessidades. De qualquer maneira, foi a água o grande elemento. Antes da água, o urinol espalhava o fedor por todos os aposentos, não apenas no quarto em cuja cama ele estava debaixo.
Jeremias resolveu esclarecer melhor as teorias do professor sobre a saúde:
— Até algumas dezenas de anos, o povo do Rio de Janeiro e de todas as cidades jogava os restos do urinol pelas janelas. Era um perigo passar perto das casas. Muitas das poças de uma cidade como São Paulo eram cheias de dejetos humanos e de animais.
— O senhor tem razão. Foi a água o grande elemento. Ao trazer água encanada para dentro de casa, o poder público fez mais pela saúde do que os remédios inventados até então. Higiene, é esse o segredo da boa saúde.
Jeremias estava gostando daquela conversa. O professor resolveu ser jocoso:

— A imprensa teve uma função importante no Brasil. Jornais substituíram o sabugo de milho e as ervas do mato usados antes. E o papel higiênico substituiu o jornal, naturalmente. Foi uma pena. Porque, pelo menos naquela hora em que a pessoa ficava sozinha, ela lia um pouco. Lia o pedaço de jornal com o qual iria se limpar.

— Professor, quem convenceu o europeu, antes arredio ao banho, a mudar os hábitos higiênicos no Brasil?

— O calor e os índios. E depois deles os negros. Ele aprendeu com os três. Gilberto Freyre diz também que foi a índia quem levou o europeu a banhar-se. Ele queria amor, ela queria livrá-lo da sujeira antes. Era limpinha. E por isso levava o pretendente para a água. A civilização fez-se à beira de mares, lagoas e rios, foi fácil. O ser humano estava perto da água a qualquer hora do dia ou da noite.

— Professor, é verdade que o falecido ia aos bordéis de Petrópolis?

— Era. Todos iam. Todos vão. Só que, aos poucos, a invenção francesa foi deixando as bordas da cidade, como o próprio nome indica, e passou a fixar-se em zonas cada vez mais próximas do perímetro urbano. Todo o esforço das autoridades em mantê-las afastadas resultou em poucos avanços. O máximo que se conseguiu foi levar para os dicionários um outro sentido de *zona*. Em vez de zona do meretrício, zonas apenas.

— E é verdade que ele escolhia sempre a mesma mulher quando ia ao bordel?

— Sim. É segredo que todos sabem e todos guardam. Todos os frequentadores sabem quais as preferências de uns e de outros, mas guardam sigilo desses costumes. Senão, a casa cai.

— E quem era a menina?

— Há uma história que poucos conhecem. Ela assegura que tem um filho dele!

— Um filho de Stefan Zweig?

— Ela diz que é dele. Não é tão raro assim uma dessas meninas engravidar. E é pouco provável que ela esteja mentindo. E esta, ao contrário das outras, pode ser que tenha certeza de quem seja o pai. Ela se apaixonara por ele!
— Professor, como é que o senhor sabe dessas coisas todas?
— Como é que você sabe das suas, Jeremias?
— Pelo meu trabalho, ué. Faço investigações.
— E eu pelo meu. Nem preciso fazer tantas. Elas chegam até mim, às vezes sem esforço algum. Como acontece com você, devo muito ao acaso. O acaso, disse um surrealista, tem suas leis, que, entretanto, desconhecemos.
— Fica registrado que nem o senhor, nem eu revelei os meios com os quais obtemos todos esses informes sobre a vida dos outros.
— Fica registrado, entretanto, que aos pósteros só será dado a saber o que estiver registrado.
— O filho de Stefan Zweig gerado num bordel! Professor, precisamos encontrar essa criança.
— Precisamos? O senhor precisa? Eu não! Quem precisa encontrá-la? E para quê?
— Professor, não se faça de néscio! Como é o nome da moça?
— Jeremias! Você precisa do nome de uma pessoa para saber quem é ela, onde mora, o que faz, como vive?
— Não, mas facilita!
— Isso mesmo! Facilita. Mas não é indispensável. Eu só sei que ela é pernambucana.
— Pernambucana?
— Isso mesmo!
— E como veio parar aqui?
O professor responde cantarolando:
— "O trem de ferro/ quando sai de Pernambuco/ vem fazendo chiquechique/ até chegar no Ceará."
Jeremias resolve continuar, cantando também:

— "Rebola pai, rebola mãe, rebola filha,/ eu também sou da família,/ também quero rebolar."
— Você sabe a canção!
— Mas quem não sabe? "Minha mãe me pôs na escola/ Pra aprender o beabá/ A danada da fessora/ me ensinou a namorar."
E o professor, agora já dançando:
— "Sete e sete são catorze/ Com mais sete, vinte e um/ Tenho sete namorados,/ Mas não gosto de nenhum."
Jeremias não perde o fio da meada:
— E os bilhetinhos?
— Estão ali, naquela caixa de sapatos. Vou mostrá-los a você, mas só mostrar. Você não pode levar nenhum! Combinado?
— Combinado!
— Você sabe como é! Se eu te der os bilhetes, darão um jeito de extraviá-los.
— Não confia em mim, professor?
— Em você, eu confio. Não confio é naqueles que dirigem o lugar onde você trabalha!

✳ ✳

Jeremias voltou de mais uma diligência e foi procurar o delegado. Encontrou-o sentado, fazendo palavras cruzadas.
— Que bom que você chegou! Falta uma, mas como é difícil. Na verdade, a parte mais difícil está dita. Veja aqui que língua é essa!
— Alemão. *Endlösung*. Solução final.
— Isso eu também sei, está no pé da página, veja. Mas perguntam o nome do autor, com cinco letras, o sobrenome já está dito aqui.
Sem olhar de novo para o jornal, Jeremias diz:
— É fácil, é Adolf. Adolf Eichmann. Foi ele quem apresentou a todoo comando nazista e depois ao próprio Hitler o nome

da coisa: *Endlösung der Judenfrage* (Solução final para a questão judaica). Temos de investigar também o outro suicídio?
— Morte de pobre interessa a poucos. Você se refere àquele homem que morava na mesma rua e também se suicidou?
— Rua Gonçalves Dias, 385. Também morreu de depressão.
— Estranho! Pobre cura depressão com cachaça. O tratamento às vezes demora muito e mata o pobre de outras coisas. Cirrose, por exemplo. Aqui pede outra coisa sobre judeus. Nome que os judeus dão ao que os alemães chamam a solução final.
— Tente holocausto.
O delegado soletra e vai contando as letras nos dedos. *Olocausto.* Nove letras.
— Dez. É com agá. Talvez o holocausto dos pobres se dê com cachaça, afinal ela também queima. Mas quem tomou formicida não poderia ser considerado pobre, não. O senhor Miller tinha a sua casa, sua família.
— Deixa pra lá, Jeremias. Esta cidade deve ser propícia ao suicídio. A maioria das pessoas só fica sabendo das celebridades que se mataram aqui. Stefan Zweig, Santos Dumont. Duvido que esse senhor Miller seja conhecido.

XI

ASSALTO AO BANGALÔ

"*Ó grandes e gravíssimos perigos,/ Ó caminho da vida nunca certo,/ Que aonde a gente põe sua esperança/ Tenha a vida tão pouca segurança!*"

Noite de 22 de fevereiro de 1942. Há um automóvel estacionado na quadra próxima ao bangalô onde vive o casal que vai morrer. O homem e a mulher fazem os últimos preparativos que antecedem ao recolhimento para o sono. Mas será que vão dormir? Dentro de algumas casas, os últimos rádios ligados, já em volume mais baixo para não incomodar o sono dos que se recolheram antes. Nas transmissões predominam os comentários sobre o carnaval que acabou há poucos dias. Joseph distribui o grupo pelas laterais do bangalô. Frida é encarregada de entrar primeiro. Ela testa a porta dos fundos, podia dar um empurrãozinho qualquer e entrar, como entrou em tantas outras operações. Em vez disso, usa pequenas ferramentas que tira do bolso da capa e enfim entra. Dá de cara com uma cozinha, que faz também as vezes de sala de jantar. Louças usadas há pouco estão sobre a mesa.

Quando Frida pensa que já pode avisar a equipe, uma senhora jovem, aparentando 30 anos, deixa o quarto e dirige-se ao banheiro. Frida esconde-se, pé ante pé, atrás da porta da cozinha e teme o fracasso da operação. De qualquer modo, está com o silenciador na arma e pode executar a mulher sem que ninguém da vizinhança perceba. E quando o homem que está no quarto perceber, já será tarde.

Mas irrompe no coração de Frida uma inusitada piedade! Por que matar também a mulher? Se ela não notar nada de estranho, não precisa morrer. Lotte não lhe parece nem feia, nem bonita. Triste e desarrumada apenas. "Camisola ridícula", pensa Frida. "Jovem desse jeito e vestindo-se como uma velha senhora." A camisola é preta, o que dá uma ideia de mortalha prévia, dada a situação.

Lotte sai do banheiro e toma de novo o rumo do quarto. Ela nem pode imaginar que ao redor e dentro da própria casa, vindos da noite escura, protegidos pelas trevas, seus inimigos tramam sua morte e a de seu marido. Frida está saindo do bangalô quando encontra Joseph. Quase atira nele, por susto.

— Mudamos os planos, Frida. Os outros já estão no carro. Vamos dar uma volta — cochicha Joseph. — Voltaremos mais tarde, ainda é muito cedo, alguns vizinhos estão com o rádio ligado, e qualquer barulho vai fazer com que chamem a polícia.

— Mas o delegado não sabe de nós?

— Não, ele, não! O superior dele é que sabe das ideias gerais do plano. Dos detalhes, só nós sabemos.

Já não há barulho algum na casa quando Joseph e Frida se juntam aos outros no carro, que arranca para lugar nenhum.

— Alguém pode me explicar o que está havendo? — pergunta Helmut.

— Frida, você fez o serviço? Nem precisou de nós?

O silêncio vai ficando pesado dentro do automóvel que circula no meio da noite sem que desperte qualquer desconfiança.

Gustav pede calma a Helmut:

— Daqui a pouco Joseph explica. Ele sempre deixa tudo muito claro.

Tenha um pouco de paciência, Helmut!

— Cala a boca, Helmut — diz Joseph. — Para que tanta delicadeza com esse apressado, Gustav? Eu não vou explicar nada.

E ordena a Frida:

— Frida, diz aí para o apressadinho o que houve.

Frida olha com alguma ternura para o colega de operação e diz:

— Mas eu não sei! Também cumpro ordens cujas razões e objetivos desconheço. Quer dizer, da estratégia e das táticas sei tanto quanto vocês. Viemos executar o judeu. Mas Joseph acha que ainda é cedo, devemos esperar a noite avançar mais.

— Uma coisa tão simples, e eu aqui nervoso! — diz Helmut.

— Acalme-se, então — diz Gustav. — O pior ainda está por vir.

— Por que o pior? — pergunta Frida.

— Por ainda não ter acontecido — diz Joseph, ordenando a Gustav que estacione.

— Aqui, chefe? As luzes da casa ali acima estão acesas.

— Por isso mesmo — diz Frida. — São os que nos cobrem. Pode parar. Joseph abre um pouco a janela, e Helmut pergunta se pode fumar.

— Daqui a pouco — diz Joseph. — Ou melhor, já! Gustav, vamos para o mesmo lugar onde estivemos ontem! Você sabe o trajeto?

— Sei, sim, chefe, claro que sei!

E o automóvel arranca de novo. Depois de uma subida difícil, em que o motor dá mostras de quão pesada é a carga, chegam a um pequeno descampado. Todos descem.

— Agora podemos fumar — diz Joseph. — Vamos pensar um pouco no que se diz na Alemanha sobre crime e investigação.

— E o que se diz? — pergunta Helmut.

— Que não existe crime perfeito, o que existe é crime mal investigado — diz Frida e acrescenta: — Joseph está preocupado também com a pós-operação. Tem de parecer suicídio.

— Mas por que temos de dar um fim nele apenas? Thomas Mann e Heinrich Mann não são mais perigosos do que ele?

— Helmut! — diz Frida. — Agora é você quem decide quem vai morrer? Perdeu a noção de quem é o chefe? Nós cumprimos ordens. Jamais se esqueça disso! Nós vamos executar o inimigo intelectual número um do Reich!

— Vamos a coisas mais práticas — diz Joseph. — Quem está com a seringa? É você, Frida?

— Sim, sou eu, mas o Gustav tem outra, para o caso de falhar a primeira.

— E eu tenho a terceira — diz Helmut —, para o caso de falhar a segunda.

— E eu tenho a quarta — diz Joseph. — Se todas falharem, eu mesmo aplico a injeção. O tóxico é o mesmo, e ainda tenho mais ali na pasta, é só misturar com água, se precisar, mas acho que não será necessário.

— É preciso mesmo executar também a mulher dele? — pergunta Frida.

— Mas se ela não se desgarra dele um minuto sequer! — diz Gustav.

— Não sou ninguém para sugerir nada — diz Helmut —, mas Joseph, pergunto a você, não seria melhor sequestrá-lo quando pela manhã vai à charutaria e dar um fim apenas nele? Afinal, a ordem é acabar com ele, não com ela!

— Cala a boca, Helmut — diz Joseph, que começa a irritar-se. — Já lhe expliquei que não pode ser às claras. O Reich precisa que ele morra, mas precisa também que pareça suicídio.

Joseph dá umas baforadas, caminha quieto, olhando ao redor. Os outros apenas aguardam suas próximas palavras. Afasta-se um pouco do grupo e, quando volta, diz:

— Vamos embora! Hoje é domingo, muita gente sem fazer nada. Isso complica um pouco as coisas. Mas é o melhor dia! Até acho que esperamos demais. Não quero criticar os meus superiores, mas, se a operação tivesse sido feita antes de o Brasil romper com a Alemanha, teria sido melhor.

— Joseph — diz Frida —, não faz nem um mês que romperam, quem ia adivinhar? E quando romperam, nós já estávamos no Brasil.

— Faz mais de dez dias que eu mesmo postei as cartas anônimas no Rio — diz Gustav —, esperando que eles fugissem, não era esse o plano? Desentocar o judeu e acabar com ele em outro lugar? Na própria casa é mais difícil. Sem contar que, se der algo errado e a polícia chegar, todos nós seremos presos. O Brasil mudou de lado, tudo está mais difícil!

— Se fosse fácil, teriam escolhido outros — diz Joseph.

— Será uma honra para nós fazer benfeito este trabalho. Minha avó sempre dizia: "É preciso fazer? Então, faça direito!".

Frida não quer falar mais:

— Todas as questões podem ser discutidas depois. Nossa missão é executá-lo, não vamos perder o foco. Depois de cumprida, discutiremos o resto.

— Inclusive as joias? — pergunta Helmut.

— Claro. Inclusive as joias. Inclusive tudo.

— Tenho um amigo que as recebe no Rio. Como, não sei. Mas todo mês ele vai ao porto e traz um pacote. São de prisioneiros do Leste Europeu.

— Que história é essa de joias? — pergunta Gustav. — Eu não estou sabendo de nada disso.

— São financiamentos — diz Joseph. — Há outras operações em andamento, e nem sempre é possível enviar dinheiro.

— É o teu amigo quem conta sobre as joias que busca no porto ou alguém conta essa história para ele? Isso me parece invenção — diz Frida.

— Sabe como é, ele deve ter uma namorada que lê romances, depois relata trechos ao rapaz e, de tanto repeti-los, no fim acha que é verdade aquilo que ela mesma inventou. Tive várias colegas assim na escola.
— Não, não e não! — diz Helmut. — O Joseph já me explicou. A história das joias ninguém inventou.
Joseph desabafa:
— Esses tempos são estranhos! Vejam o nosso caso. Todos bem-educados, inteligentes, capazes de degustar uma boa música. E o que fazemos? O que faço eu? Chefio uma quadrilha. Nossa tarefa é a mesma de bandoleiros. Temos de matar uma pessoa. A história é complicada. E a história de cada um de nós tem muitas complicações. Pequenas, mas em grande número.
— Quando o grupo foi formado — diz Helmut —, e vi que você era tão guloso, Joseph, fiquei inseguro e desconfiado. Minha avó me disse que não se pode confiar em gente gulosa. Que os gulosos fazem qualquer coisa para satisfazer a gulodice. E ela sublinhava: "Qualquer coisa!".
— Por falar nisso — diz Frida —, assim que entrei na cozinha, vi sobre a mesa um pote de geleia daquelas verdinhas; quase meti o dedo para dar uma lambida, ao menos.
— Das verdinhas? — pergunta Joseph, já de olhos arregalados. — É verdade, eu gosto muito de geleia, mas não a ponto de comprometer uma operação. E depois de feito o serviço, a gente faz um lanche no bangalô. Afinal, matar o sujeito não será nossa única tarefa em sua residência.
— E quando cumpriremos nossa missão? — pergunta Helmut.
— Amanhã. Não pode passar de amanhã! — diz Joseph.

XII

RUA GONÇALVES DIAS, 34, PETRÓPOLIS

"Tão linda que o mundo espanta!/ chove nela graça tanta/ Que dá graça à formosura;/ Vai formosa, e não segura."

Frida entrou no bangalô com muito mais facilidade do que na noite anterior. Na sala, Stefan lê. Concentrado na leitura e nas anotações, ele não percebeu a entrada da mulher. Quando enfim dá de cara com ela de arma em punho, seu olhar é de quem acabou de ver uma assombração. Os primeiros momentos são de grande tensão, ela não entrou ali para não fazer nada. Fala em alemão com ele.
— O senhor está sozinho na casa?
— Não.
— Quem mais?
— Ela.
— Onde?
— No quarto. Dorme.
— Falemos baixo, então, não é preciso acordá-la.
— Nossa conversa jamais a acordará. Tomou pesado sonífero. E baixe a arma. Não ameaço a vida de ninguém.

— Sabemos disso. Mas preciso revistá-lo.

Frida aproxima-se cautelosa, pede que ele se levante e o revista dos pés à cabeça. Stefan poderia desferir-lhe um murro na cabeça quando ela, acocorada ao pé dele, revista as meias dos sapatos, fazendo-lhe cócegas, mas ele é de paz e semelha a um animal que está sendo levado ao matadouro, com a diferença de que sabe o que lhe advém.

Terminada a revista, Frida volta à porta por onde entrou. Joseph é o único a entrar. Os outros permanecem do lado de fora. A madrugada avança, e um a um os rádios vão sendo desligados, as luzes se apagam, e o silêncio das trevas desce de vez em Petrópolis.

— Tome papel e caneta — ordena em alemão Joseph.

Obediente, Stefan dirige-se à sala ao lado, o segundo dormitório, sob a estreita vigilância de Frida.

— Sente-se! — diz, seco, Joseph, mas por enquanto sem nenhuma violência maior do que essa de entrar na casa alheia no meio da noite e dar estranhas ordens a seu morador.

Vendo que o escritor não oferece resistência, Joseph concede:

— Viemos fazer um trabalho. Ele será feito de qualquer maneira, o senhor querendo ou não. Se colaborar, escrevendo o que eu lhe ditar, tudo terminará rapidamente. Para que sofrer mais do que o necessário?

— Sócrates tomou a cicuta que lhe ordenaram ingerir sem reclamar e ainda consolou os discípulos. Quando o juiz lhe disse: "O senhor foi condenado à morte", ele apenas respondeu: "O senhor também".

— É verdade — diz Joseph. — Todos vamos morrer um dia. A questão é: quem vai primeiro?

— Quem morre por último não ri melhor — diz Stefan, aparentando calma e resignação.

— Sente-se — ordena, agora seco, Joseph. — Vamos escrever. Eu dito, o senhor escreve.

Aparentemente, a violência é essa. Não foi desferido um único soco, um único empurrão no escritor. Quem contemplasse a cena de fora, pela janela, acharia que se tratava de um amigo conduzindo gentilmente o outro para fora da sala, rumo a outro cômodo.

— Frida — diz Joseph —, vá arrumando os papéis que levaremos para o arquivo secreto.

— Que papéis?

— Aqueles, esses e estes — diz Joseph, que parece saber o que precisa ser recolhido. — Depois nós os organizaremos em pastas. Vá revistando aqui, ali, lá — ordena, jeitoso com ela, Joseph.

E voltando-se para o escritor:

— Podemos começar a escrever?

— Podemos? — pergunta Stefan. — Passei a vida toda escrevendo, e o senhor me pergunta se podemos começar? Na verdade, escritor escreve sempre sozinho, esta será a primeira vez que escrevo acompanhado.

— Não me venha com mais retóricas. Vocês são o povo do livro, estão sempre recorrendo ao que está escrito, ao que foi escrito, ao que será escrito, já que vocês são um povo cheio de profetas. Aliás, todos os profetas foram assassinados por vocês mesmos porque eram mensageiros de más notícias. E, quando escrevem, muitos de vocês não escrevem: disparam saraivadas de balas pelo mundo inteiro, mais efetivas do que as pesadas balas dos canhões. Um canhão é ouvido a poucas centenas de quilômetros. A saraivada de balas que vocês disparam produz estampidos permanentes, ouvidos pelo mundo inteiro. Portanto, sente-se e escreva. Agora chegou a hora de a cobra morder o próprio rabo, de o envenenador experimentar de seu próprio veneno. Escreva.

Stefan parece conformado. Confia nos sinais que espalhou ao longo da vida, com ou sem a máquina de escrever, mas confia mais nestes últimos. E começa a sua "Declaração".

XIII

APONTAMENTOS PARA UM *DIKTAT*

"Mas, conquanto não pode haver desgosto/ Onde esperança falta, lá me esconde/ Amor um mal, que mata e não se vê;/ Que dias há que na alma me tem posto/ Um não sei quê, que nasce não sei onde,/ Vem não sei como, e dói não sei por quê".

Joseph pede a Frida algumas anotações e, não se sabe por quais patologias, quer explicar seu ato à vítima:
— O senhor deve saber que morrer é melhor do que viver...
— Então, morra o senhor! Eu quero viver!
— Não me deixou completar a frase, embora seja um homem bem-educado. Morrer é melhor do que viver quando não se pode ou não se deve mais viver.
— Sim, sei, e são os senhores que sabem quando é melhor viver, quando é melhor morrer. Não aprenderam a lição de Miguel de Unamuno, dada aos berros ao comandante franquista, que gritou na Universidade de Salamanca: "Viva a morte!".
— Sei mais do que o senhor imagina. Ele não gritou apenas "Viva a morte!", ele gritou também "Abaixo a inteligência!".

O salão estava repleto, e apenas o reitor Unamuno se rebelou. Não devia! Pagou caro pelo gesto de inconformidade! Que história é essa de alguns intelectuais sempre ficarem fora das normas que valem para todos?

— Para todo o rebanho, o senhor quer dizer.

— O senhor esquece um detalhe. O reitor tinha o corpo intacto. O general Astray era um mutilado de guerra e podia invocar a morte e saudá-la com intimidade!

— Cervantes também era mutilado de guerra. Olha quem foi um, quem foi outro. Aliás, Unamuno denunciou o grito necrófilo e insensato, lamentando que o aleijado não tivesse a grandeza moral do autor de *Dom Quixote*.

— Retórica!

— Não é um defeito ser retórico. Sem retórica, não haveria cultura. O reitor disse que a universidade era um templo e que ele era seu sumo sacerdote, que o templo tinha sido invadido, como agora minha casa é invadida por vocês, porque minha casa é meu templo, e nela eu vivo como um sacerdote antigo, desde os tempos de Melquisedeque. Vocês é que entraram aqui para profaná-la, como já profanaram tantas outras, e eu digo a vocês o que o reitor disse aos invasores: Vencereis, mas não convencereis.

— Não vamos deixar acontecer com o senhor no Brasil o que os espanhóis fizeram com García Lorca na Espanha. Os comunistas o transformaram num ícone na luta, usando seu fuzilamento como arma. Talvez o senhor saiba que foi só por isso que não executaram o reitor! Temiam algo parecido! Não adiantou! Era 12 de outubro, e ele morreria em prisão domiciliar no último dia de 1936. Pensando bem, faz pouco tempo!

O diálogo é interrompido pelo alarido e o bater frenético das asas de um pássaro no meio da noite. Todos olham para a gaiola, alguns puxam as pistolas, pois a gaiola está coberta com um pano escuro. Stefan pede licença para se levantar. Segue até a gaiola sob a mira de pistolas e vai explicando, ora em alemão, ora em português, que Tem-tem tem pesadelos, que toda ave tem pesadelos.

— Também para elas os monstros de Goya às vezes acordam no meio da noite — diz ele levantando o pano e falando com Tem-tem para acalmar o pássaro. E a seguir, dirigindo-se a Joseph, diz:

— Por que tantas anotações, se vieram aqui para me matar?

— O senhor deveria agradecer a morte que lhe vamos dar. Falo sério. É um gesto de piedade. Não porque será sem dor, mas porque será nobre, não o difamará. Às vezes, como pior e último ato na vida de um homem, vem a morte covarde, aquela que joga lama sobre seu nome por toda a posteridade. José Condé — conhece esse escritor? — registrou que o senhor e sua esposa, quando descem a serra, perambulam sozinhos, atarantados pela Cinelândia. Li em algum lugar que ser atarantado é andar como se tivesse sido picado pela tarântula. Frida, como se diz tarântula em nossa língua?

— *Tarantel* — adianta-se Stefan. — Tem esse nome porque essa aranha venenosa foi encontrada pela primeira vez na cidade italiana de Taranto.

— Assim que o executarmos, dançaremos a tarantela — diz Frida para agradar ao chefe, mas pensando no íntimo que um homem com uma cultura tão refinada deveria ser persuadido a mudar de lado na vida.

— José Condé registra tudo — diz Stefan, que chama suas anotações de arquivos implacáveis. — Sei que foi implacável comigo, que tem sido. Também com Lotte. Andamos vestidos com roupas europeias por toda a orla, caminhando ao léu, com toda a pinta de refugiados, impossível que não nos reconhecessem, mas ele escreveu que ninguém nos reconheceu, fazer o quê? Escreveu, ficou para sempre!

— O senhor é orgulhoso! Quando escreve, escreve para o mundo inteiro. Nenhuma linha de sua lavra nos jornais de Petrópolis!

— Há diversos modos de aceitar o exílio, e ele não é o mesmo para todos. Sei que George Bernanos não parou de escrever em

O Jornal, mesmo vivendo no bairro de Cruz das Almas, em Barbacena.

— Mas pelo menos ele tentou descobrir os escritores brasileiros. Foi por causa dele que *Memórias de um sargento de milícias* foi publicado em francês.

— Sabe de uma coisa? Vieram aqui para me matar, mas antes estudaram a vida de todo mundo, principalmente a minha, né? Vocês, alemães, têm a perfeição do mal! O que fazem, mesmo sendo um crime, como esses que hoje praticam pelo mundo inteiro, querem perpetrá-lo com perfeição. Isso, sim, é orgulho! Bernanos, como eu, escolheu o Brasil!

— Não escolheu — diz resoluto Joseph. — Tentou descer em Buenos Aires e em Assunção, mas achou a vida muito cara nessas cidades. E por isso, só por isso, escolheu desembarcar no Rio.

— Mas se está vivendo em Minas!

— Achou o Rio muito caro também. Pare com esses heroísmos de araque! Vocês, intelectuais, não comem, não moram, não vestem, não precisam de água encanada, banheiro, luz?

— E telefone — diz Frida. — Está tocando. Tira do gancho — ordena Joseph.

E volta-se para Stefan:

— Este endereço, Estrada da Independência, 2025, aqui em Petrópolis, lhe diz algo?

— Diz.

— Diz o quê?

— Lá mora minha amiga Gabriela Mistral.

— Sua mulher tem ciúme dela?

— Tem, um pouco. Gabriela tem quase o dobro da idade dela, mas, com aquela cara de índia rebelde, segura, torna-se ainda mais atraente. A juventude, em algumas coisas compreensivelmente insegura, rejeita, mas teme os mais velhos. A experiência é uma coisa que os jovens não podem ter, em tudo o mais podem superar os mais velhos. Isso não parece, mas é assustador.

Os jovens pensam que a qualquer momento podem ser superados pelos mais velhos, que trilham caminhos que seus pais e avós já sabem de cor, porque já passaram por ali.

— O nome dela não é Gabriela.
— Não.
— Então por que o senhor a chama assim?
— Foi ela quem quis chamar-se assim.
— E qual é o nome dela?
— Lucila.
— Sim. Das famílias Godoy e Alcayaga. Lucila de María del Perpetuo Socorro, mas não pôde socorrer o noivo.
— É verdade. Ele se matou!
— Foi suicídio mesmo?
— Dizem que sim.
— A seu ver, por que todo suicídio inspira desconfiança, ninguém quer acreditar?
— Porque é difícil convencer as pessoas de que alguém quis morrer pelas próprias mãos.
— O senhor não morrerá pelas próprias mãos.
— Eu sei!
— Mas por que Gabriela e por que Mistral?
— Ela gostava muito do poeta italiano Gabriel D'Annunzio e do provençal Frédéric Mistral. Num concurso de poesia, quando muito jovem, criou o pseudônimo.
— Ganhou com um soneto sobre a morte.
— Sim.
— Então? Ela também gosta da morte, não?
— Vocês não vão me dizer que vieram aqui para matá-la também!

* *

Joseph faz um leve gesto para Frida. Afastam-se os dois de onde Stefan, paciente, arrumou papel e caneta e está aguardando novas ordens. Sua memória brota a cada um desses instantes que eles sabem serem os últimos de sua atribulada existência. Mas como sabe isso? Um escritor sabe coisas que não pode demonstrar, que parecem inverossímeis a quase todos, que só se deparam com a verdade anunciada, depois de acontecida.

— Frida — diz Joseph —, fique mais perto da porta do quarto, ela pode não estar dormindo.

— Está, sim — diz Frida. — Acabei de verificar.

— Mas pode ser que esteja fingindo, você não conhece os judeus? Piores do que crocodilos, imóveis sob as águas, até que a presa aparece para beber água, e então a agarram entre os dentes, rodopiando sobre o próprio corpo, sacudindo-a até matar. No caso, os crocodilos são este casal, e nós, as vítimas.

— Bela inversão e bela metáfora, Joseph, mas ela está dormindo. Sei quando uma mulher finge que dorme e quando ela dorme de verdade. Sou mulher!

— Certo — diz Joseph, mas continua cochichando desconfiado, os lábios quase tocam as orelhas de Frida, e isso dá nela uns arrepios que ele não deixa de observar. E continua: — O que faremos com o corpo dele?

— Como assim, o corpo dele? — pergunta Frida. — Vamos executar apenas um deles?

— Não é que, precisando, não possamos alterar a ordem, mas a missão é eliminar o marido, não a mulher.

— Missão dada é missão cumprida — diz Frida. — O que é que César disse ao chegar às Gálias?

— "Vim, vi, venci". Cumprimos apenas as duas primeiras etapas. Falta a última, a decisiva, a que vai dar a solução final ao problema.

— Pois é! Vamos, então, cumprir o planejado e executar apenas o marido, não?

— Só se ela acordar...

— Mas, Joseph, ela não vai acordar. Pelo menos não agora. Ela deve ter tomado alguns remédios para a asma, o peito chia que só vendo, e nenhuma apneia, por enquanto, nenhum vestígio de que daqui a pouco acordará.

— Certo! Mas, quanto mais demorar, pior. O que você acha que lhe vamos ditar? O texto já combinado?

— Sim, está aqui na minha bolsa.

Frida mexe na bolsa, de onde retira um escrito amassado. Joseph retoma:

— Dito eu ou dita você?

— Faço o que você quiser.

— Dito eu, então.

E Joseph, antes de voltar para junto de Stefan, dá uma última recomendação a Frida:

— Cuide dela, hein! Se acordar, você já sabe o que fazer!

XIV

LOTTE: PEDAÇOS DE UM DIÁRIO

"*Continuamente vemos novidades,/ Diferentes em tudo da esperança;/ Do mal ficam as mágoas na lembrança,/ E do bem (se algum houve) as saudades.*"

O que vão dizer de meu querido Stefan quando souberem do que houve? Os nazistas controlam até a memória dos mortos!

Que dirá Klaus Mann, filho de Thomas Mann, quando souber? Que Stefan amava demais a vida para se suicidar. Depois, que será dele? Alguém prestará atenção ao que ele disser? Pode ser fofoca, mas me disseram que Thomas não gosta muito desse filho, não!

Romain Rolland, que dirá? Que Stefan sempre lhe pareceu forte e seguro para matar-se, deixando entredito que suicídio é gesto de fracos e inseguros?

E Jules Romain, exilado no México, lerá com remorso e tristeza a notícia da tragédia e haverá de procurar detalhes em todos os jornais.

Emil Ludwig, Paul Stefan, Heinrich Mann, Berthold Viertel, que dirão? O pintor belga Frans Masereel fará vezes de crítico literário e dirá que, apesar do suicídio, a obra de meu querido Stefan permanecerá e que nela todos os leitores haverão de encontrar sempre bons motivos para amar a vida!

Meu querido Stefan é amado pelo mundo inteiro. Todos gostam dele. Menos os nazistas, é claro! Mas esses não gostam de ninguém, nem deles mesmos, só gostam de Hitler, o deus deles.

De mim, que o amei, que a ele dediquei meus verdes e mais quentes anos, de mim ninguém falará. Tratarão da morte de Stefan como se ele tivesse morrido sozinho num quarto em Petrópolis. Da moça abraçada a seu cadáver, cadáver ela também, ninguém dirá nada!

Serei a mais silenciosa de todas as mulheres de escritores! Nada terei a dizer. Nada tenho a dizer? Ninguém quer me perguntar nada? Ninguém haverá de interrogar o que terei deixado? Será que todos vão acreditar apenas na ex-mulher dele, que, depois de apregoar a vida inteira que eu era quieta por nada ter a dizer, dirá que meu silêncio contribuiu para seu trágico fim?

Pronto! Está arrumado o motivo: o meu silêncio. Tinha de haver uma culpada, *cherchez la femme* às avessas, como nos crimes. O motivo, a causa, só posso ser eu. Em vez de vítima também, ao lado dele em todos os momentos, na tristeza e na alegria, na saúde e na doença, como recomendam as cerimônias do casamento que não fizemos, sou a algoz. Ou pelo menos um dos algozes.

Frida, você venceu. Seu marido a abandonou vivo, mas morto ele volta para você, para seu lado, de onde você e muitos outros sempre acharam que ele nunca deveria ter saído.

Thomas Mann nunca simpatizou comigo. Dele virão, depois das de Frida, as palavras mais duras, mas as dela eu até compreendo; sou mulher e deve ser difícil ser abandonada ou trocada por outra mais jovem. É o tipo de competição previamente perdida pelas mais velhas para as mais jovens. É a velha lei da vida vencendo!

Sou moça ainda agora, mas aos 34 anos já mostro no corpo e no rosto muito do que já perdi. Aos poucos o tempo esculpe em mim não uma nova, mas uma velha Frida. Com algumas diferenças, naturais em se tratando de duas mulheres tão desiguais, mas essas diferenças são dos espíritos, não são dos corpos, e chega um momento na vida, talvez aos 30 anos, em que o espírito, embora rejuvenesça todos os dias, cede!

Muito antes de conhecer Stefan, de começar a trabalhar para ele e de amá-lo um pouco a princípio; muito, depois de um tempo; e exageradamente, depois de um momento que não sei ao certo, até agora quando juntos morreremos, eu já falava e escrevia em sete línguas: inglês, francês, espanhol, português, esperanto, alemão e iídiche, naturalmente.

E ainda assim tantos me veem e tratam como uma bobinha, sonsa, qualificativos que provavelmente nem a morte haverá de banir ou corrigir. Ao fim e ao cabo, predominará, como sempre, a velha marca, a principal de todas as que carregamos ao longo da vida: sou de uma família mais pobre do que a dele. Eu sou quase pobre. Ele é quase rico.

Em resumo, foi trabalhando para ele como secretária que dele me aproximei, por ele me apaixonei. Fosse o inverso, todos os juízos começariam de um lugar de onde nenhum deles começa. As leis, os costumes, as convenções e os símbolos sociais marcam nossas almas e até nossos corpos com sinais indeléveis.

Ainda que deixemos a pobreza, que melhoremos de condição, numa simples conversa pode vir um gesto ou palavra, um modo de dizer e estar no mundo que denunciam nossa original e verdadeira condição, que é sempre a do berço. Talvez aquela de um pouco antes ainda, a do útero. E, retrocedendo um pouco mais, a do óvulo, a do momento sublime em que um espermatozoide, entre milhões, vindo de um homem, adentrou no óvulo, este, sim, único, da mulher que, por amor, deixou que a substância vital ali se introduzisse.

Nunca fui mãe, penso que jamais o serei, mas é assim que vejo o mundo, é assim que vejo o homem no mundo, é assim que me vejo no mundo. Fiquei sem nacionalidade! Tendo trocado a alemã pela britânica, vim morar no Brasil. Mas não sou alemã, não sou inglesa, como não sou brasileira! O que sou, então? Fui, sou e serei sempre judia! É assim que me vejo e assim que me veem aqueles que me conhecem!

Quando conheci Stefan e por ele me apaixonei, pouco sabia de sua vida. Tempos depois é que vim a descobrir que ele era de uma rica, tradicional e cosmopolita família de judeus-austríacos. Alfabetizado em alemão, logo aprendeu italiano, francês e inglês. Recebeu uma privilegiada formação familiar e escolar. Já havia uma onda contra os judeus, o movimento antissemita que parece nunca mais deixar o mundo e o ódio aos judeus estavam bem próximos dele, ainda que tivesse nascido e vivesse em Viena, a capital do então poderoso Império Austro-Húngaro.

Também em sua família era um estranho. Não quis trabalhar na fábrica de tecidos do pai. Não tomou partido na Primeira Guerra Mundial. Deixou a Áustria e foi viver na Suíça, como tantos fizeram, mas ele, sendo judeu, foi chamado de cagão, embora muitos outros que fizeram o mesmo tenham sido vistos como "intelectuais exilados".

Na Suíça, juntou-se aos intelectuais que combatiam a guerra. Era a sua vocação. A nenhum verdadeiro intelectual, a guerra, qualquer guerra, pode parecer justa, a menos que seja para evitar uma coisa pior do que a guerra. Mas o que é pior do que a guerra? A morte? A peste? As epidemias? As desordens? A guerra, qualquer guerra, traz tudo isso e muito mais de sinistras gorjetas.

O meu Stefan jamais quis saber de aglomerações e grupos, organizados ou não. Ele sempre quis e sempre quer a informalidade, requisito da verdadeira liberdade. Como ser livre em um mundo onde há ordens a cumprir, prescrições a observar, regulamentos que não podem ser transgredidos, códigos que devem ser observados e, caso contrário, se violados, têm todos os artigos necessários para punir quem não os acata?

Nossas primeiras amizades nos ajudam a ver o mundo, a ver os outros, espelhos de nós mesmos. Freud foi essa amizade para Stefan. Meu Stefan deve muito de sua visão literária à visão que Freud tinha do ser humano no mundo.

Por que meu Stefan desprezou tanto sua própria vida e veio a interessar-se tanto pela dos outros? Seja como romancista, seja como biógrafo, o que ele sempre tem feito é examinar a vida alheia, e foi assim que ele se consagrou com as biografias. Ainda em seus verdes anos, o exílio não o atrapalhou, antes o ajudou a que fosse traduzido para o inglês, o francês, o português, o espanhol e tantas outras línguas. Até para o chinês seus livros foram traduzidos quando era ainda um jovem escritor!

Stefan sempre deu especial atenção à condição feminina. Penso que foi isso que mais me aproximou dele! Eu nada entendia ainda de mulher, era apenas uma menina quando ele já tinha publicado *Carta de uma desconhecida*, pequeno romance que logo ganhou o mundo. Leitoras sempre souberam valorizar quem fala delas! E amam escritores que sabem mostrar como, paradoxalmente, o amor por um homem as destrói.

Tinha passado havia pouco pela barreira dramática dos 40 anos quando publicava também *Amok*, cujas referências principais, temas e grandes problemas da narrativa são certas obsessões, entre as quais o suicídio. Mas foi *Vinte e quatro horas na vida de uma mulher*, romance publicado quando ele tinha por volta de 45 anos, a sua obra-prima, segundo ninguém menos do que Freud. O outro livro, *A piedade perigosa*, tratou da culpa e do dinheiro obtido por extorsão.

Os americanos nunca apreciaram os escritores de língua alemã. Foi Stefan, com seu estilo claro, seu texto bem tecido, sustentado nos fortes pilares do concreto e do prático, que os levou a mudar de opinião. Muitos narradores de língua alemã entraram pela porteira aberta por Stefan nos Estados Unidos. É verdade que para isso contribuíram os temas e o gênero escolhido, a biografia de Maria Stuart, seus estudos sobre Balzac, Dostoiévski, Dickens, Nietzsche, Maria Antonieta e Freud, entre outros.

Fujão, ele? É verdade que já vivia havia cinco anos longe da Áustria quando Hitler a anexou, incorporando o país à Alemanha, a famosa *Anschluss*, que em alemão tem outros sutis significados, como "adesão, integração, ligação, contato, união", todos eles amenizando o laivo autoritário. Como se eu me ligar a Stefan fosse da mesma natureza dos laços que amarraram a Áustria à Alemanha.

Belo ponto em comum entre nós quatro — Hitler, Freud, Stefan e eu: o alemão como língua materna! E eles três eram austríacos! O que a vida nos apronta, hein, que perigosas relações fixa entre nós e nossos amigos, entre nós e nossos inimigos. No fim, estamos todos, não no mesmo barco, mas navegando pelos mesmos mares. E são inevitáveis quase todos os encontros!

A Stefan, nunca fez mal a solidão. O mesmo não se pode dizer das companhias que teve ao longo da vida, entre as quais, com modéstia, me incluo. Devo ter feito mal a ele, embora, no meu caso, sempre sem querer. Se algum bem lhe fiz, de qualquer modo, que seja dito por outras bocas, que venha de outras penas. A necessária modéstia me impõe essa reserva. Jamais quis ser má para ele, mas podemos ser maus sem parecer, e às vezes basta parecermos maus para que os frutos indesejados sejam colhidos e os outros nos respeitem. E, como outros dizem, os tiranos preferem parecer maus a ser maus, porque isso já é suficiente para que sejam temidos.

Queria levar a vida com a leveza que a minha cozinheira negra leva. Ela tem cinco filhos, que se criam como leitõezinhos aí pelas ruas, fuçando onde devem e não devem. Jamais ouço queixas ou preocupações. O marido sai cedo para o trabalho, ela também, e eles ficam em casa, os mais velhos cuidando dos mais novos, mas o mais velho não tem ainda dez anos! Quando pergunto quem mais cuida deles, ela diz que são os vizinhos. Mas como? Eles também não trabalham como você e seu marido? Sim, trabalham, mas há sempre uma vovó disponível para olhar por todos, um desempregado, alguém que faltou ao trabalho. "Dá-se um jeito", é a frase que mais ouço. Um jeito que não sabemos dar, que só eles dominam.

Stefan e eu, nessa vida atribulada, vagando de país em país, não temos filhos, nem sequer um filho único, uma filha única, certamente nosso desespero seria mitigado ou até desapareceria porque criança é esperança, é sangue novo, vida nova, tem a força que na velhice aos poucos se esvai. Aos poucos, mas persistentemente. Bem, eu sei que Stefan não é mais o mesmo, não é o homem que eu conheci em 1934. Parece que foi ontem! Mas já lá vão mais de sete anos! Seria bom ver uma criança romper com sua saudável desordem esta ordem mórbida de Stefan que é também a minha. Do modo como vivemos, na quietude desses dias e noites, caminhamos para a ordem final, a do cemitério, onde tudo, posto em seu lugar, jamais se mexe, jamais é desarrumado.

Tenho estudado espanhol e acho que aprendi melhor do que o português. Além do mais, não sei que língua a cozinheira e o jardineiro falam. Português não é. Ao menos não é a língua que me ensinaram como sendo o português!

Estive no serpentário de São Paulo. Aquelas cobras das quais os biomédicos extraem o veneno para fazer soro me lembraram a cesta cheia delas que Cleópatra usou para matar-se, deixando-se picar por várias. As cobras que mataram a rainha do Egito deveriam ser muito pequenas, várias couberam numa pequena cesta que uma criada levou para ela no quarto. Uma daquelas que vi em São Paulo, uma apenas, encheria enrodilhada um grande cesto. Ao contrário do que dizem dos pequenos frascos, que guardam os melhores perfumes, cobras daquele tamanho devem ter um veneno poderoso, mas, quando disse isso a Stefan, ele me falou que isso é relativo, que a sucuri, a maior de todas, nem venenosa é, que mata pessoas e animais, inclusive bois, enrodilhando-se no corpo da vítima.

Embora seja difícil ainda para mim entender o português no rádio — os brasileiros falam muito depressa —, dia desses ouvi uma canção que dizia assim: "Quando lá no céu surgir uma peregrina flor, todos devem saber que a sorte me tirou foi uma grande dor", algo assim. Achei bonitos os versos.

Eu os ouvi logo depois de se levantar. Fui ao banheiro fazer xixi, Stefan ainda dormia, o amor entre nós está cada vez mais raro por causa de minha asma, e vi uma mariposa caída sobre o parapeito da janela. Fiquei pensando que ela e eu temos algo comum, mas em breve teremos muito mais. Em alemão, seu nome é *Nachtfalter*, "borboleta da noite", mas nas aulas de espanhol uma colega me disse que foi palavra formada da frase "*María, pósate*", isto é, "Maria, descansa". Lotte, descansa, digo para mim mesma, achando que talvez o único jeito de obter descanso seja imitando a mariposa, que, exausta de voar, interrompeu o voo nessa janela chamada Petrópolis, onde hoje vejo o mundo.

Ninguém dá à mariposa a última palavra. Ela mesma se encarrega de proferi-la e investe contra a luz à procura da morte.

Com nossa morte, os nazistas não nos dão a última palavra. Parece que isso hoje é o máximo que podemos evitar vindo deles.

Haverá quem, examinando nossas vidas, atribua ao narcisismo de Stefan o seu suicídio. Ele me contou que desde menino percebeu que o pai gostava dele como uma mãe e que a mãe era excessivamente dominadora e autoritária.

XV

ESTRANHO SILÊNCIO

"*Erros meus, má fortuna, amor ardente/ Em minha perdição se conjuraram;/ Os erros e a fortuna sobejaram,/ Que para mim bastava amor somente.*"

Rua Gonçalves Dias, 34, Petrópolis. A empregada chega ao meio-dia. Abre a casa e começa a arrumação pela cozinha. Mas antes, pé ante pé, ainda com a vassoura na mão, sabe-se lá por que, vai até a porta do quarto. Parece ouvir sonos profundos, alguém ressonando. Seus sentidos a enganam. Ninguém mais respira ali, mas ela não sabe de nada.

O telefone toca. A empregada demora a ouvir a campainha. Enfim, atende. Ela responde que o casal está dormindo.

— Os dois?
— Os dois!

A voz é masculina:

— A senhora tem certeza?
— Ué, ninguém se levantou. A única em pé aqui sou eu, que estou limpando a casa. E o cachorro, claro.

A empregada termina a limpeza da cozinha e da sala e esquenta a marmita que trouxe. Depois recomeça o trabalho.

De tardezinha, o marido da empregada volta do trabalho e, como de costume, passa para buscar a patroa. Acha estranho que o casal não tenha se levantado ainda e diz para a mulher que vai subir no telhado para se certificar se, afinal, dormem ou não dormem.

— Não faça isso, homem! E se você interromper alguma coisa?

— Interromper o que, mulher? Com esse silêncio!

— Então, vou experimentar a porta do quarto. Aguenta aí um pouquinho!

Não precisou escancarar a porta. Pela porta entreaberta, vê, assustada, um quadro horroroso. Grita para o marido:

— Vem cá, acho que eles não estão dormindo, não!

A empregada é analfabeta, mas viu e compreendeu o essencial. O marido também. Os dois chamam a polícia. Quando a mesma voz masculina liga de novo, quem atende é um policial, que diz apenas:

— O passeio foi cancelado, não avisaram o senhor? O policial vem avisar o chefe da operação:

— Um senhor ligou perguntando pelo casal e dizendo que tinham combinado um passeio para hoje.

— Identificou-se?

— Não!

— Não disse quem era?

— Não!

— Tem certeza?

— Não!

— Mas que porra é essa? Identificou-se ou não? Disse quem era ou não?

— Se disse, esqueci, o senhor me desculpe.

O policial volta para a sala. Grita de lá mesmo para o chefe:

— Vem um casal subindo a escada do jardim! O que é que eu faço?

O chefe destaca um outro policial para atender o casal. Ele reconhece marido e mulher e explica o que aconteceu. Eles ouvem em silêncio, consternados, mas atentos e tolhidos pelo inesperado. Despedem-se do policial e voltam para casa.

Em casa, é o marido quem pega primeiro o telefone, mas, quando começa a avisar, nota, surpreso, que todos já sabem. A um daqueles para quem telefona, pergunta:

— Mas quem te avisou? E ouve em resposta:

— A polícia.

No interior da residência, a movimentação agora é intensa. Um dos policiais mostra um bilhetinho. O chefe lê em voz alta: "Favor informar o meu editor, Sr. Abrahão Koogan, Editora Guanabara, telefone 22-7231, Rua do Ouvidor, 132, Rio. E também o Dr. Samuel Malamud, Rua 1º de Março, 39, Rio. Muito obrigado!". O pedido é assinado por Stefan Zweig. Quem é gentil morre gentil, prorroga a gentileza para além das portas da morte.

O presidente Getúlio Vargas está em Petrópolis. Vem com frequência ali. As *más-línguas* dizem que Petrópolis é a cidade das amantes, que especialmente os políticos têm encontros clandestinos ali. Se o presidente tem amante, é pouco provável que a encontre ali.

Está fumando seu charuto escarrapachado numa cadeira de balanço no Palácio Rio Negro, quando o chefe da Casa Militar em pessoa, o general Francisco José Pinto, pede permissão para interromper o presidente.

Getúlio Vargas é quase um rei. Amealhou ao longo de 12 anos um feixe de poderes que nenhum rei, imperador e muito menos um presidente teve no Brasil. O general apresenta-se humilde e ouve a pergunta macia no sotaque tão peculiar ao Rio Grande do Sul:

— Mas o que foi desta vez?

A pergunta significa que as interrupções não são tão esporádicas. O general informa:

— Stefan Zweig está morto. A mulher dele também.

Getúlio andou pensando em suicídio há alguns anos, e de vez em quando a ideia volta. Acha uma saída possível em momento dramático, mas só se não houver outra solução. Coça a cabeça, medita um pouco, o general fica imóvel esperando as ordens. Ele não demora a dá-las. Mortes têm ocorrido com reiterada frequência nesses anos todos em que está no poder. Ao proferir as ordens, dá a entender que pode saber mais do que diz, como sempre. E dispara, macio:

— Faz o seguinte, general! Não vamos nos meter muito nisso, não! Deixe com o delegado de polícia. Morte, quer dizer, mortes são com ele mesmo, devem ser com ele.

E, levantando-se da cadeira, chama o general para conversarem um pouquinho, levando o militar para uma das outras salas. Quando Getúlio volta a sentar-se onde estava, o delegado José de Morais Rattes já tinha sido acionado.

Rattes é rápido. Pega o telefone e liga para o diretor da Saúde Pública, o sanitarista Mário Pinheiro.

— Mário, resolve isso hoje mesmo, hein! O legista será você!

— Não, Rattes, isso não, você me desculpe, nunca fiz uma investigação de *causa mortis*.

— Ué, começa hoje. Faça a primeira, hoje!

O improvisado legista chega ao bangalô. Olha uma pilha de folhas datilografadas, em cima das quais há uma recomendação em francês e em português: "*Pas toucher!*" (Não tocar!). Como estamos no Brasil, ninguém toca nos papéis. Parece que aqui ninguém tem vontade de saber, tem é vontade de contar, pois saber dá trabalho e é melhor cada um inventar sua versão.

As aves mensageiras chegam. Os primeiros a se aproximarem da entrada, os jornalistas de Petrópolis, são também os primeiros impedidos. O Rio é pertinho daqui, é a capital do Brasil, ali de tudo se encontra, ali a imprensa sabe de tudo, mas quando o repórter da Agência Nacional e o resto da comitiva da mídia tentam entrar são igualmente barrados.

Malamud e Koogan não são suspeitos de nada, mas que cartas lacradas deixaram no Rio? Do Rio a Petrópolis são duas horas de viagem. Mas por que seguem tão apressados?

Os escritores Cláudio de Souza e Leopold Stern, amigos dos mortos, começam a ser interrogados por todos. As autoridades precisam deles. O delegado Rattes é o primeiro a pedir algo:

— Olha, eu não sei alemão nem francês, só sei português. Vocês podem traduzir isto aqui?

E lhes entrega a "Declaração".

Leopold é bom em alemão, bom em francês, seu problema é o português. Cláudio lê bem francês, mas o alemão lhe oferece algumas dificuldades. Leopold vai lendo o original alemão em voz alta. A carta vai sendo passada para o francês e dali para o português. Todos estão às voltas com dois suicidas que em vida foram fluentes em diversas línguas e que agora pagam alto preço por, mais uma vez, não terem quem os entenda. Algo se perderá no caminho, talvez um trecho inteiro do que Stefan escreveu. E de Lotte, que dirão? Deixou ela alguma despedida? No momento ninguém se interessa por ela, pelo que disse ou deixou de dizer. O desesperado amor dela por ele só interessava a ele.

Um repórter da *Hora do Brasil* liga. É pelo rádio que o brasileiro fica sabendo de seu país, pois o jornal ainda é para poucos, como sempre. E a "Declaração", em tradução apressada e descuidada, faltando um pedaço inteiro, truncada, vai ganhar o Brasil e o mundo pelas ondas do rádio.

— Vamos à última frase, então — diz Cláudio ao repórter, por telefone. — Vou então dizer o fecho.

No outro lado da linha, o repórter anota: "Deixo um adeus afetuoso a todos os meus amigos". Ele pergunta:

— Acabou o documento? Esse é o fecho?

Feita a confirmação, consolidados todos os erros, lá vai ao ar a "Declaração" sem o verdadeiro fim: "Desejo que eles possam ver, ainda, a aurora que virá depois desta longa noite. Eu, impaciente demais, vou antes disso". O Paraíso deu muitos prejuízos a Stefan Zweig, nenhum maior do que este: sem o fecho que ele caprichou, a sua "Declaração" vai apresentá-lo ao Brasil e ao mundo, por meio de agências internacionais, que apenas haverão de repetir o que receberam, como algo que ele nunca foi, um covarde. Para transformá-lo de admirado herói em detestável fujão, são indispensáveis duas forças: uma imprensa acostumada ao cabresto da censura que durava anos e péssimos tradutores para consumarem a traição.

Mas remédio e veneno vêm em poções misturadas. Um editor teve o cuidado de estampar a foto da "Declaração" no original em alemão. No dia 24 de fevereiro, diversos leitores, em quem sagazes editores sempre confiam, haverão de corrigir os jornalistas. Mas a contestação fundamental só é publicada quatro dias depois: a tradução estampada não reflete o original e ainda omite as frases finais, que transformam o desespero em esperança, o covarde em herói.

Outras incoerências começam a aparecer. Afinal, os leitores querem saber quem tomou primeiro o veneno, a que horas, como ingeriu, onde estava, por que o outro não impediu, por que concordou, quem ajudou o outro a morrer, entre outras coisas. Muitas perguntas sem respostas, com lacunas que passam a ser preenchidas com lorotas. Foi formicida, assegura um jornal. Foi Veronal, diz outro. A que horas eles morreram?

O legista *ad hoc* tem de saber tudo e responde que Stefan Zweig e Charlotte Elizabeth Zweig passaram desta para a melhor às 12h30 de segunda-feira, 23 de fevereiro de 1942! Mas como pôde fixar com tanta precisão a hora da morte dos dois? Morreram exatamente à mesma hora a mulher e o homem? Isso o doutor jamais admitirá, mas quem lhe deu a informação não foi exame algum, foi o ouvido: foi a empregada quem lhe disse que passava do meio-dia quando abriu a porta e viu os dois, mortos sobre a cama. E é essa a versão que vai ganhar o mundo, sem os detalhes providenciais que a negam ou transfiguram, como já ocorrera dez anos antes quando outro ilustre habitante de Petrópolis, que inventara o avião, morrera no Guarujá. Pois que Santos Dumont antecedeu Zweig nessas histórias de suicídio mal contadas.

Veio da escritora Gabriela Mistral, acostumada a suicídios — o namorado matou-se por ela, e seu filho, por quem se matou? —, a versão mais interessante para os leitores.

Aquela que depois ganharia o Prêmio Nobel de Literatura diz que entrou no quarto e ficou um longo tempo, que não soube precisar quanto, sem levantar a cabeça. Disse que eles dormiam separados, mas as duas camas estavam juntas e numa delas estava Stefan, sem seu eterno sorriso, mas calmo, como se dormisse. A outra cama mostrava que Lotte deitou-se por pouco tempo ali e depois veio abraçar-se ao amado. Gabriela deduziu que ela viu seu homem morrer e somente depois tomou a sua dose. Disse também que foi difícil retirar aquele corpinho frágil dali. O braço direito enrijecera. Depois de retirada dali, a coisa que mais lhe chamou a atenção foi o rosto deformado de Lotte.

O escritor, famoso mundialmente, dorme numa cama de marca Faixa Azul. Sobre o criado-mudo há um abajur simplório, de haste flexível, barato, que qualquer um pode comprar até mesmo em uma casa de ferragens. O veneno foi tomado com uma garrafa de água de nome Salutaris, ironia involuntária da cena trágica, ao lado de um lápis, uma caixa de fósforos e 800 réis em moedinhas de níquel, provavelmente troco de passagens de ônibus. Sua mulher usava um abajur ainda mais simples. Havia um pedaço de pão torrado, ainda com as marcas do último bocado que ela fez na vida.

Um copo com resto de água misturada à substância que não foi identificada também compõe a cena final.

Dona Margarida Banfield, proprietária do imóvel, mesmo morando no Rio, ao chegar a Petrópolis fica sabendo de muito mais coisas, pois é quem pode melhor entender o que contou a empregada. No chão do banheiro, ela recolhera roupas íntimas de Lotte.

Aos poucos, a história se encarrega de corrigir versões ou de semear mais confusões. O legista dirá, 40 anos depois, que a droga ingerida pelo casal foi Adalina. E diz que guardou o nome do sonífero por parecer nome de mulher. Acrescentou também, na mesma ocasião, que, quando tocou nos corpos, o de Stefan estava frio, mas o de Lotte ainda estava quente.

Um pesquisador quis saber o que era Adalina e para que servia. Um médico lhe explicou que na época era utilizado como leve sonífero e que jamais poderia matar uma pessoa, quanto mais duas! A viúva do médico de Lotte, Rachel Bronstein, informou muitos anos depois que sabia que seu marido Nathan receitava calmantes e soníferos a Lotte e que Stefan tinha vários amigos médicos e obteria deles a receita que quisesse ou precisasse.

O dentista Aníbal Monteiro, que fez a máscara mortuária, era escultor nas horas vagas e foi escalado para esse trabalho. Ele diz que não houve pacto de morte, que Lotte foi surpreendida pelo gesto do marido.

Houve duas versões da "Declaração", o último texto que escreveu antes de morrer, despedindo-se, mas uma delas ficou com um jornalista ou com um policial, não se sabe ao certo, que a vendeu para um colecionador.

Enquanto Hitler ordena a seus mais altos subordinados que não quer prisioneiro judeu vivo, deflagrando o holocausto, em Petrópolis as autoridades estão preocupadas em fazer um enterro digno a uma ilustre vítima do nazismo.

Voltando do Rio, aonde ia todas as segundas-feiras comprar fazendas e aviamentos para exercer seu ofício e atender às encomendas, o alfaiate Henrique Nussenbaum tem certeza, ao chegar às cinco da tarde, de que algo muito grave aconteceu na cidade. Fica sabendo de tudo, e rapidamente, na própria loja.

Decide então ir ao velório. Lá toma outra decisão, ainda mais grave, ao saber que preparam um enterro meio judeu, meio católico, misturado a ritos e cerimônias religiosas das exéquias, pois

Stefan e Lotte vão ser enterrados no cemitério, com todo mundo. Decide procurar Getúlio Vargas. Muitos asseguram que o presidente não o receberá. E ele argumenta: "Até pode ser, mas não custa nada tentar".

Getúlio Vargas deixa a sala onde está dando audiências e recebe o alfaiate sem se sentar. Ouve seu pedido em pé:

— Presidente, o morto é nosso! Nós queremos enterrá-lo.

O presidente, como de costume, está calmo. Os dois conversam alguns minutos, sem testemunhas. E indefere o pedido de Nussenbaum de forma delicada, dizendo que não vai ao enterro por motivos protocolares, mas que a decisão de enterrar Stefan Zweig em Petrópolis é do povo de Petrópolis:

— É o povo que quer ele aqui!

Lotte, como sempre, continua secretária e acompanhante até depois de morta. Ninguém jamais a consultou para nada, uma vez que o próprio marido jamais a consultou para nada que não fosse trabalho, e por isso aonde Stefan vai, Lotte vai atrás. Depois de morta, inclusive!

Nussenbaum volta com a notícia da negativa. O enterro será mesmo como já planejado. Um de seus amigos diz: "*Adonai Natan, Adonai Lakach*". Um outro que parece saber mais do que diz todavia se sai com estas palavras misteriosas: "É verdade. Se suicídio houve, Zweig não pode ser enterrado entre os nossos; deveria ser fora, perto dos muros". Havia poucos minutos dizia numa roda de amigos que tinha certeza de que a morte de Stefan Zweig seria motivo de festa na Alemanha.

Foi uma espécie de profecia, confirmada pela carta enviada a Alberto Dines em 30 de outubro de 1980; o arquiteto Albert Speer, o projetista de tantos edifícios famosos do Reich, informou que a morte de Stefan Zweig foi saudada com grande alegria e que o partido considerou um bem merecido fim para aquele inimigo do nacional-socialismo. Antes que passasse um ano dessa declaração, Speer morria em Londres, pouco antes de apresentar-se num programa da BBC.

De qualquer modo, até mesmo nas conversas de Nussenbaum e de seus amigos, mais uma vez, talvez pela última, o corpo de Lotte, que jamais foi considerada autônoma, vai acompanhar o corpo do marido! Assim na morte como na vida!

XVI

OUTROS MISTÉRIOS

"*Doce contentamento já passado,/ em que todo o meu bem já consistia,/ quem vos levou de minha companhia/ e me deixou de vós tão apartado?*"

Março de 1942. A equipe liderada por Joseph vai deixar o Brasil. Encontram-se no Hotel Paysandu, no Rio. A reunião é num dos quartos vizinhos àquele onde morou o escritor. Joseph abre os trabalhos:

— Frida, você trouxe os registros?

— Trouxe — diz Frida.

E começam os destaques. Os outros apenas acompanham e vão conferindo em volumosas cadernetas.

— Olha, dentro da casa deixamos ao todo 34 itens.

— Sim. Vamos conferir — diz Joseph. — Quatro malas vazias, uma máquina de escrever, marca Royal, portátil.

— E o rádio portátil, que marca?

— Philco. E o jogo de xadrez. Os livros de Afonso Arinos trouxemos ou deixamos?

— Deixamos. Estão empacotados para serem devolvidos ao proprietário. Dentro dos livros colocamos os avisos?
— Sim, como planejado. Só os lerá quem abrir os livros. Joseph continua:
— O inédito sobre Montaigne foi para quem?
— Para ele, para Afonso Arinos. E aqueles cento e poucos livros foram para a Biblioteca de Petrópolis, como ele queria. Os 24 volumes de *A comédia humana*, de Balzac, presente de Lotte, tiveram o mesmo destino.
— Certo! E o tal *Tratado sobre a Medicina*, inédito?
— Espera aí. Tratado... Ah, este foi para a Biblioteca também, com aquele outro sobre xadrez.
— Na conta do Banco do Brasil, ele deixou quanto, mesmo?
— A conta não está no nome dele — diz Frida. — Está no nome da mulher. O saldo é de 52 contos. Os talões de cheques também ficaram na casa.
— Certo! No Banco Israelita, a poupança é de quanto?
— Ah, ali ficaram 13 contos.
— A chave do cofre que eles mantinham no Banco de Crédito Mercantil ficou conosco ou com eles?
— Joseph! Estou te estranhando! — diz Helmut. — Você esqueceu que me deu ordens de pegar tudo lá e te devolver a chave?
— Isso mesmo — diz Frida. — E a chave ficou lá sobre a mesinha, ao lado do envelope com os 17 contos em dinheiro.
— Certo, certo, certo! — diz Joseph. — Poxa, não estava mal de vida esse casal, hein? Quantas famílias têm hoje 82 contos sobrando?
— O dinheiro vivo deve ser resto da fortuna que lhe pagou o Lourival Fontes para ele escrever o livro elogiando o Brasil! No Brasil, é moda o governo comprar tudo! É o maior comprador de tudo no país, o maior empresário.
— Frida — diz Helmut —, você fala assim porque Getúlio Vargas agora mudou de lado. Se permanecesse "neutro" como Stálin permaneceu por alguns anos, não estaríamos nessa missão!

— E aqueles papéis que a gente estava recolhendo quando ela acordou? — pergunta Joseph.

— Estão ali!

E Frida aponta para um pacote a um canto do apartamento, sobre uma cadeira. E acrescenta:

— O que não deu tempo foi de destruir o lixo com os papéis do último dia.

— Certo — diz Joseph —, continuemos. Quantas bolsas a mulher dele tinha, Frida? Mais ou menos do que você?

— Eu só tenho uma, Joseph, ela deixou quatro!

— Cinco — diz Helmut. — Essas, fui eu quem contou. As cinco bolsas, a sombrinha, a caixa de prata e os papéis em branco para datilografia, isso tudo fui eu quem recolheu e entregou a você, Frida! Também cinco bolsas femininas! Vou fazer o que com elas?

— Helmut — diz Joseph —, a sua pergunta me preocupa. Você não ficou com nada da casa, ficou?

— Deus me livre, Joseph! Quando eu chegar à Argentina para o próximo trabalho, já quero ter esquecido tudo deste.

— Você não vai à Argentina. Vai à Bolívia.

— É verdade. Misturei os países. É tudo a mesma coisa.

— Agora, sim, você misturou tudo — diz Joseph. — Bem, continuemos. O vasinho com o trevo de quatro folhas, que ele disse que a Gabriela Mistral deu para a Lotte, ficou lá também?

— Ficou — diz Frida, de olhos postos nos papéis, cotejando tudo. — O que deixei com pena lá foi a jarra com as hortênsias. São flores que gostam do frio, eu poderia levá-las. Ficaram sobre a cristaleira, na sala de jantar.

Joseph pede que todos cheguem mais perto. E diz quase murmurando:

— A grande luta é entre o ser e o parecer. O suicídio tem de parecer perfeito. O resto não interessa. Nós, alemães, temos a obsessão pelo trabalho completo! Não vamos deixar escapar nenhum detalhe! Basta um fiapo, a ponta de um fio, e o novelo começa a ser desenrolado. O que nos facilita é que nossas fontes em Petrópolis garantiram que o próprio presidente Getúlio Vargas dispensaria a autópsia.

— Da Lotte podem fazer — diz Helmut. — Ela tomou o Veronal, mas quem providenciou o encontro dela com Yavé fui eu, com as minhas próprias mãos.

— Com as mãos? Com as tuas mãos?! — espanta-se Frida. — Esqueceu a regra número um? E as digitais?

— Frida! Está me tomando por quem? Até o travesseiro para sufocá-la eu peguei com luvas que não deixei lá!

— Quem encostou a cama dela junto à dele? — pergunta Joseph.

— Eu mesmo — diz Helmut. — E usei luvas para pegar a cama também!

— Notou algo estranho ao aproximá-la dele?

— O corpo ainda estava quente, simulei um abraço. Afinal eram casados! Ela era uma *Katze* — diz Helmut.

— Bobão — diz Frida. — O Helmut, por ser excessivamente culto, não diz *Mieze*, como o povo.

— Não quero saber de povo, jamais quis, o povo lá e eu cá, e estamos muito bem assim!

— Bem, parece que não descuidamos de nada — diz Joseph. — Nossos amigos já contataram a Tacuara, e, cada um por si, iremos a Buenos Aires. É um cuidado a mais. Se pegarem um, pegarão apenas um.

— Tacuara? — estranha Frida.

— É, é o nome da organização que vai cuidar de nossos primeiros passos na Argentina. O nome vem da arma que os gaúchos construíram durante as guerras fratricidas. Não era mais do que uma faca amarrada a uma ponta de *Bambus*.

— Bambu! — corrige Frida. — Eles dizem sem o esse final.

— Obrigado, Frida — diz Joseph, por sua aplicação ao estudo do português, que é cheio de armadilhas para um alemão.

— Quem mais aqui não sabe da Tacuara?

— Eu já sei — diz Helmut. — A Tacuara lembra a Falange do Primo de Rivera, na Espanha, só que a maioria dos membros é jovem. Eles fazem o juramento de lealdade num cemitério, usam cabelo bem curtinho, têm campos de treinamento para luta armada, tratam-se por camaradas e quase sempre andam de moto.

— Usam também uma braçadeira bordada com a cruz de malta, parecem torcedores do Vasco por esse detalhe, mas se saúdam erguendo vivas a Mussolini e ao *Führer* — diz Joseph.

— E quase me esqueço do principal: odeiam judeus. E têm apenas duas outras propostas: livrar a Argentina do capitalismo e da democracia liberal.

— Vamos todos de avião para Buenos Aires?

— Cada um vai como quiser. Mas eu recomendo que seja de navio — diz Joseph. — Aquela história de um moço viajar com uma tia velha e doente para tratamento na Argentina, essa não cola mais. E ainda temos o problema da tia velha. Em São Paulo, a polícia teve de ser contatada porque a tia velha que estava no avião para embarcar de volta à Alemanha para tratamento médico declarou-se entrevada, mas, sem mais nem menos, desvencilhou-se dos braços daqueles que a carregavam avião adentro e foi se sentar sozinha.

— E os outros, como vão chegar lá? — pergunta Frida.

— Os que vêm da Alemanha? — pergunta Joseph.

— Esses, sim!

— Ah, eles vêm de submarino, como nas viagens anteriores, é mais seguro.

— Eles quem?

— Frida! Esqueceu? O doutor Mengele é doido. Não diz que vamos perder a guerra, mas acha importante termos uma base na Argentina. A maioria dos que seguem com os submarinos leva ouro, muito ouro. A Tacuara vai receber mais um carregamento nas próximas semanas. Os jovens têm seus contatos no porto. Aconteceu algo até engraçado. Quando os caixões com os lingotes foram embarcados, os marinheiros acharam que continham cadáveres de gêmeos, dois por caixão. Eles sabem do que o Mengele é capaz!

— Melhor assim — diz Helmut. — Enquanto o doutor Edward Wirths faz suas experiências, Mengele age nas sombras.

— Pelo menos, não faz como o doutor Hilário Hubrichzeinen. Ele veio para uma missão no Brasil e não quer mais sair daqui.

— E eu também. Só vou embora daqui porque a ordem é esta: partir — disse Helmut.

— Nós só fazemos o que fazemos porque cumprimos ordens — disse Frida.

— E é melhor para todos que seja assim — diz Joseph.

— Mas, ainda que mal lhe pergunte, Joseph — diz Helmut —, por que foi descartada essa alternativa?

— Qual?

— Ainda na Baviera me disseram que talvez levássemos o casal para a Alemanha.

— É. O plano inicial era esse. Nós os embarcaríamos apenas, o resto não seria conosco. A Tacuara tinha preparado tudo, realizado os subornos necessários, na Argentina e no Brasil, mas, como eu disse, ordens são ordens, e ordens mudam.

XVII

LOTTE TALVEZ ESTEJA AQUI

"Ao vício vil, de quem se viu rendido,/ Mole se fez e fraco; e bem parece,/ Que um baixo amor os fortes enfraquece."

Brasil. Faculdade de Direito da Universidade de São Paulo. Centro Acadêmico XI de Agosto. Abril de 2000.

Os painelistas querem saber quem matou Stefan Zweig e sua mulher Lotte na madrugada de 22 para 23 de fevereiro de 1942. Indagam por que razão aquelas pompas fúnebres foram tão apressadas e a morte dos dois, tão mal investigada.

Um dos debatedores diz que é preciso analisar com perspicácia os recados deixados por um escritor que, sendo romancista, dizia as coisas mais importantes por meio de metáforas e outras figuras de linguagem repletas de sutilezas. E conclui:

— Ele morreu jogando xadrez, e seu último romance é sobre um jogo de xadrez. Alguma coisa ele quis nos dizer com esses avisos.

Num quadro luminoso, estão estampados trechos escolhidos do livro do jornalista Alberto Dines, *Morte no Paraíso*, publicado em 1981: "[...] graças à lealdade dos amigos foram dispensadas autópsias e investigações [...]"; "Ditadura, censura, paternalismo — junção de conveniências, leviandade, inconsequência, impediram que alguns detalhes fossem buscados"; "Alguns detalhes não alterariam a tragédia..."; "Declaração do diretor de Saúde Pública, ao autor: Fomos proibidos de fazer a autópsia. Ordem do Palácio.

Encontramos apenas um tubo de Adalina [...] sonífero leve [...] insuficiente para matar uma pessoa, quanto mais duas"; "... supunha-se nas primeiras horas que Stefan tivesse sido ameaçado ou sofrera pressões de grupos integralistas e pró-nazistas"; "foi derrotado", "teve fim inglório".

O conferencista comenta os excertos com olhos arregalados, parece arrebatado pelo que só ele acabou de descobrir e passa adiante o próximo quadro: "Em outro momento Dines faz um paralelo entre opostos excludentes, comparando Stefan Zweig a Hitler, nesta frase indefensável pinçada do epílogo de sua biografia: "Arribou Stefan no Brasil decidido a abster-se, aceitando instintivamente a pena decretada por Hitler de que judeus devem sumir. Erraram Adolf e Stefan, dois austríacos inquietos".

Marília Librandi Rocha toma a palavra e prossegue com os comentários, vez que as frases que luzem à frente do público foram pinçadas por ela:

— Dois austríacos inquietos? Adolf e Stefan? Não há comparação possível, aproximação nenhuma pode unir o assassino à vítima.

Ela mira fixamente a primeira fila de cadeiras, onde jovens interessados querem saber mais sobre Stefan Zweig:

— Rubem Braga, respondendo aos ataques de covarde dirigidos a Zweig logo após a sua morte, escreveu estas palavras que corroboram nossa tese: "Os que choraram sua morte não são partidários do suicídio. Todos sentiram que a deserção deste homem valeu como lancinante protesto contra a estupidez [...], o corpo de um homem que Hitler matou". Mas seu biógrafo no

Brasil, pensando louvar o escritor, diz: "o campeão do pacifismo [...] desertou"; "ousou apenas um gesto de militância-capitular"; "Zweig parou no meio do caminho, personagem de seu próprio crivo".

Uma estudante de Direito pede que a professora descreva a cena. Justifica sua pergunta dizendo que o professor de não se sabe bem qual matéria ensina nas aulas que é indispensável observar bem a cena lúgubre dos cadáveres quando encontrados. "A cena dos crimes ou das mortes", reitera na pergunta. A professora sorri com a primeira vitória, afinal já semeou a plantinha que queria: a suspeita de que o casal não se suicidou, mas foram ambos executados. E prossegue:

— Queremos fazer uma inversão de perspectiva: questionar o suicídio é dever de honra para com a memória de um grande escritor. Lidemos com o paradoxo, com a ambivalência dos signos e dos gestos humanos: Stefan Zweig foi "suicidado".

A menina quer saber mais:

— E em que a senhora se apoia para afirmar coisas de tanta gravidade? A mestra sorri, cada vez mais satisfeita:

— Por que não houve autópsia? Por que não foi enterrado no cemitério judeu do Rio, como queria o rabino que veio para levar o corpo e foi impedido e ameaçado? Por que, na "Declaração" final, sua esposa não é mencionada, se havia um pacto de morte entre eles? Qual exatamente foi o veneno ingerido? São algumas das muitas perguntas levantadas por Silvio Saindemberg.

A aluna insiste:

— A senhora poderia descrever a cena, então? A mestra parece modesta:

— Ah, sim, você me perguntara justamente isso.

É uma das poucas que ainda usam o mais-que-perfeito, já quase em desuso na língua portuguesa, e dizem "perguntara" em vez de "perguntou". E continua:

— Os dois, ele e sua mulher, são encontrados mortos na cama. Nas fotos do crime, eles aparecem em posições diversas. Como confiar nelas e saber que não houve adulteração? Na época, nada foi feito como averiguação. O motivo alegado: não incomodar os mortos. Depois foi achada uma "Declaração", pacotes de livros para entregar ao editor, cartas e testamento. Ficou o que provava ineludivelmente o suicídio. Mas e o que não foi achado e se perdeu? E o que não foi contado?

A estudante anota febrilmente tudo o que ouve, resumindo em palavras que depois somente ela entenderá. E diz:

— Desculpe tantas perguntas, não quero monopolizar o debate, mas a senhora acha que a suspeita de assassinato é mais coerente com a vida e a obra do escritor do que o suicídio, é isso?

— É isso mesmo. A suspeita de assassinato lança um ponto de interrogação complexo e condizente com a vida, a obra e a história social e política da época. A tese de assassinato está mais próxima da noção de "A História como poetisa", texto do próprio Zweig, e também da concepção de História que propõe Walter Benjamim (outro "suicidado"), que, em suas teses sobre o conceito de História, mostra a necessidade de uma interrupção no discurso histórico, que ele qualifica de "messiânica" e que tem como fonte a razão poética.

A menina agradece, e a professora diz que vai encerrar sua participação citando dois autores cujos livros recomenda que os alunos leiam: Jeanne Marie Gagnebin e Walter Benjamim. E conclui discorrendo sobre hermenêutica da suspeita, tarefas do historiador materialista, lugar de verdades não ditas e falsos suicídios. Quando nota que os alunos estão entendendo pouco, refere outras mortes que foram dadas como suicídios, mas depois fartamente comprovadas como assassinatos.

Ao longe, arma-se uma tempestade e refulgem clarões no meio da noite. Cabe à menina encerrar os trabalhos, e ela o faz com fecho de ouro: "Somos cúmplices daquilo que nos acontece".

Em casa, esperam por ela o jovem marido, dois gatos e alguém que está demorando muito a chegar, sem contar que vem menos do que ela gostaria à casa dela.

Ao chegar em casa, a menina lê no latim que seu pai lhe ensinou um trecho de uma epístola de São Paulo: "*Cum essem parvulus, loquebar ut parvulus, sapiebam ut parvulus, cogitabam ut parvulus; quando factus sum vir, evacuavi quae erant parvuli*".

Atenta a palavras, frases, verbos e pronomes, essas peças que resultam, enfim, no bordado das letras, fica a perguntar-se por que razão Paulo pôs um versículo todo no singular — "quando eu era menino, falava como menino, sentia como menino, pensava como menino; quando me tornei homem, eliminei as coisas que era de menino" — e passou para o plural no seguinte: "*Videmus nunc per speculum in aenigmate, tunc autem facie ad faciem*" (Vemos, pois, agora por espelho, por enigma, mas então veremos face a face).

E a seguir, o apóstolo voltou para o singular: "*nunc cognosco ex parte, tunc autem cognoscam, sicut et cognitus sum*" (Agora sei uma parte das coisas, mas depois saberei tudo, como sabem de mim).

Mas é o último versículo de que ela gosta mais e o diz em latim, como seu pai lhe ensinou, degustando um sabor que é raro para as meninas de sua época: "*Nunc autem manet fides, spes, caritas, tria haec; maior autem ex his est caritas*" (Agora ainda permanece a fé, a esperança e o amor, essas três; a maior delas, porém, é o amor).

Fica pensando a menina: "Faltou amor a Stefan, faltou amor a Lotte. Mas não apenas àqueles dois. Faltou amor ao mundo inteiro naquele século de duas guerras mundiais. E sobrou ódio, muito ódio, tanto ódio que jamais em tempo algum se odiou tanto. E daquele ódio nasceram muitos outros que ainda hoje procriam sem cessar".

Enquanto isso, *tempus fugit*. E, ao fugir, encobre muitas coisas, iluminadas depois por clarões, mas por instantes apenas, sem que todos possam ver o que mostra a súbita claridade.

OUTRAS OBRAS DO AUTOR

A Vida Íntima das Frases & Outras Sentenças

Mil e Uma Palavras de Direito

Teresa D'Ávila

De Onde Vêm as Palavras

Balada por Anita Garibaldi e Outras Histórias Catarinautas